TEA
BOOKS

Naslov originala
Delly
La vengeance de Ralph

Za izdavača
Tea Jovanović
Nenad Mladenović
Stevan Šormaz

Glavni i odgovorni urednik
Tea Jovanović

Lektura / Korektura
Agencija Mahačma / Snežana Gligorijević

Prelom
Agencija TEA BOOKS

Dizajn korica
Studio LAYOUT

Izdavač
TEA BOOKS d.o.o.
Por. Spasića i Mašere 94
11134 Beograd
Tel. 069 4001965
info@teabooks.rs
www.teabooks.rs

ISBN 978-86-6142-007-8

DELI

RALFOVA
OSVETA

S francuskog prevela
Jovana Jelenović

TEA
BOOKS

1.

Gospođa Ridijer je ušla u trpezariju u kojoj je Serena upravo zatvarala poslednje tegle marmelade i upitala je:

– Hoćeš li brzo završiti? Leoni te čeka da zajedno prostrete veš na travnjaku.

Mlada devojka je okrenula prema pridošlici svoje fino lice s velikim crnim baršunastim očima.

– Moram da zatvorim još tri teglice, gospođo. Začas ću završiti.

– Požuri! Treba iskoristiti sunce. Čini mi se da gubiš mnogo vremena. Tako mi je bar rekla Simon.

Devojka nije odgovorila, već je mirno dohvatila papir umočen u belance i počela da zatvara teglicu s marmeladom od pomorandže.

Gospođa Ridijer ju je pogledala neprijateljski. Htela je da joj kaže još nešto neprijatno, kad se iza nje pojavila visoka plavokosa devojka u beloj haljini s teniskom reketom u ruci.

– Idem, bako! Do večeras!

– Lepo se zabavi, Simon!

Oko njenih predebelih usana pojavio se izraz nevoljnosti.

– Žilijetovi neće doći. Alin ne igra dobro, a mali Gazije je ubitačan sa svojom nazoviduhovitošću.

– Hoće li gospodin Morel doći?

– Ne verujem. On danas treba da bude u Ruanu zbog stričevog nasledstva.

– On je sada dobra prilika. Valjalo bi ga pridobiti za ozbiljnog udvarača.

– Potrudiću se, bako! Njegov položaj je zaista vrlo poželjan. Tada bismo sigurno živeli u nekom velikom gradu... verovatno u Parizu...

Plave oči zaiskriše na tu pomisao.

– Doduše, on ne potiče iz otmene porodice. Ali treba se nečega i odreći.

Gospođa Ridijer to pomirljivo potvrdi:

– Da, nažalost! Mora se! Vremena su teška, a otac ne može da ti da veliki miraz. Dakle, moraće nešto i da se žrtvuje...

Na Sereninim lepim ustima pojavio se jedva primetan smešak. Pritom ni na tren nije prekinula posao.

Kad bi se čulo kako govori gospođa Ridijer, ko bi mogao i pomisliti da je ona ćerka običnog zemljoposednika. Doduše, imali su mnogo novca i zbog tog imetka njome se oženio siromašni normanski sitni plemić. Činilo se kao da je sasvim zaboravila na svoje skromno poreklo, pa niko u celom tom kraju nije bio zahtevniji od nje.

Prelazeći prstima ukrašenim prevelikim prstenom kroz svoje vešto očešljane kovrdže, Simon joj je odgovorila:

– Feliks Morel je u ovom trenutku jedina moguća prilika.

– Tako je... On, doduše, poseduje Sezaj, ali kažu da nema mnogo imetka. Žardu je veren sa onom malom guskom Ameli. Kakav ukus ima kad je odabrao tu onisku ženicu bez otmenosti, a mogao je dobiti tebe!

I baka je ponosno posmatrala ljubazno nasmešenu Simon dok je govorila:

– Kaže se da o ukusima i bojama... Uostalom, zapazila sam jutros novog inženjera koji radi kod gospodina Sorbena, onog Engleza... Rekla bih da je zgodan! Visok, mršav, vrlo elegantan... Kad bi imao nešto novca, i on bi mogao da postane jedan od kandidata.

– Saznaću to od gospođe Sorben... Hajde, kreni, lepa moja, i lepo se provedi! Ja ću poći na čaj kod Žiguovih da bih se malo razmrdala. Armandin će mi pokazati novi model kućne haljine. Gospođica Lutr bi mogla da mi sašije nešto slično da zamenim ovu starudiju.

Pokretom punim prezira, gospođa Ridijer je prešla prstima načičkanim prstenjem preko plave kućne haljine. Bila je sašivena pre nepuna dva meseca, a već je bila sva u masnim flekama.

Jer u gospođi Ridijer se ujedinio najveći mogući nered s taštinom koju ni godine nisu mogle umanjiti.

Napadnom šminkom trudila se da sakrije tragove godina na širokom vulgarnom licu. Kosa joj je ostala plava kao i u doba kad je Olali Barbu dala njenu ruku Ogistu Ridijeru. Prema zahtevima mode, nijanse su se tokom godine menjale od najsvetlije do tamnoplave. Ovog časa kosa joj je imala crvenkasti odsjaj, a složena frizura puna uvojaka bila je nešto najsmešnije što se moglo zamisliti.

Pa kako bi onda gospođa Ridijer, koja se neprekidno bavila sobom, tražeći zabavu izvan kuće, mogla pripaziti još i na red?

Sve je stajalo naglavce, a njen zet je potajno uzdisao jer nije imao snage da se izvuče ispod jarma te žene. Osećao ga je od onog nesrećnog dana kad se oženio Jolandom Ridijer.

Jolanda je bila prilično lepa devojka, ali hladna i glupa. U svemu je povlađivala svojoj majci, koja se odmah smestila kod mladog para, namećući mu svoj ukus i volju. Neprekidno je ponavljala da imovina pripada njoj... jer je Jolanda primala samo rentu od dve hiljade franaka. Čarls Bekford nije imao snage da se bori protiv te tiranije, koja je s vremenom postajala sve snažnija.

Jolanda je umrla dok je rađala treće dete. Gospodin Bekford je u to vreme postao direktor elektrane u Kevrinjiju, koja se nalazila na nekoliko kilometara od gradića Ešanvila.

Gospođa Ridijer nije napustila svog „dragog zeta", kako ga je zvala. Nastanila se kod njega sa željom da zameni majku njegovoj deci. I godinu dana je u dubokoj crnini izigravala neutešnu majku.

Nakon tog vremena ona se očigledno utešila. Počela je da nosi napadne haljine i šešire ukrašene perjem. Njene omiljene boje, bela i ljubičasta, trijumfalno su se vratile u njenu garderobu.

Takva je bila ta žena: samoživa, zla, bez ikakvih moralnih skrupula, ogrezla u svojoj taštini. Nije imala ni trunke odgovornosti, što se naročito videlo u odgoju njenih unučića. Oni su radili šta su hteli, podržavani u svojim greškama zločinačkom popustljivošću svoje bake. Njen miljenik je bio najmlađi, Estaš, nesnosni dvanaestogodišnjak. Drugu po redu devojčicu, nežnije prirode i krhkog zdravlja, baka je poslala u samostan jer je nije volela.

Gospodin Bekford se trudio da što češće odsustvuje iz svoje neuredne kuće. U svojoj sebičnosti, tako svojstvenoj svim slabićima, on je svoju mladu rođaku i štićenicu Serenu Dokran prepustio ugnjetavanju gospođe Ridijer.

Dvadeset godina ranije njegov rođak Redžinald Dokran, potomak ugledne engleske građanske porodice, oženio se u Parizu, gde je radio kao dopisnik za velike londonske novine, mladom devojkom španskog porekla. Ona je bila siroče, bez imovine, ali starog plemenitog roda.

Njima se rodila ćerka Serena. Ubrzo zatim mlada žena je umrla. U neizmernoj tuzi, Redžinald je krenuo u Južnu Ameriku u potrazi za zaboravom i bogatstvom. Devojčicu su prepustili dadilji, a gospodin Bekford, koji je iskreno voleo svog rođaka, obećao je da će često posećivati malu Serenu.

Ali Redžinaldovo zdravlje bilo je načeto. Uz to je opazio da ga njegov kompanjon vara. Uništen, telesno i duhovno, on više nije imao želju za životom, pa je Serena s tri godine ostala siroče.

Gospodin Bekford bi je rado odmah primio u svoju kuću, ali gospođa Ridijer je izjavila, grizući debele usne, kako ona ne može da prihvati svu siročad bez porodice i novca. Ponudila je da pronađe internat za malu kada doraste do tih godina. Trebalo je da sve do tada ostane kod dadilje, zadovoljne i malom sumom.

I još jednom se gospodin Bekford pokorio toj svemoćnoj osobi. Od tog dana i Serena je potpala pod vlast gospođe Ridijer.

S pet godina poslali su je u skroman internat jednog samostana jer je gospođa Ridijer neprekidno ponavljala kako Serena ima skromne prihode od svega hiljadu dvesta franaka, a to je bilo gotovo ravno siromaštvu.

Velike praznike devojčica bi provodila kod svog tutora. Kako je to bilo teško! To dete nežne duše patilo je među tim ljudima, gde je samo gospodin Bekford bio dobar prema njoj.

U internatu je ona marljivo radila, pa su se učiteljice divile njenoj spretnosti i brzom shvatanju. Sa sedamnaest godina je briljantno položila završne ispite. Malo zatim u samostanu se pojavila gospođa Ridijer. Izjavila je da je došla po štićenicu svog zeta. Trebalo je da ona sada živi u njihovoj porodici i pomaže u domaćinstvu. Tako će, kad postane punoletna, biti spremna da stane na sopstvene noge.

Zapravo se radilo o tome da je prethodnog leta gospođa zapazila kako Serena spretno obavlja kućne poslove, pa je želela da na taj način, bez ikakvih troškova, dobije još jednu kućnu pomoćnicu.

Jer Serena i nije radila ništa drugo u kući svog staratelja osim što je krpila veš i kuvala. Nikad se nije pojavljivala kad je gospođa Ridijer imala goste.

Za zabavu gospođa Ridijer nije imala za nju ništa osim pogrda. Simon je takođe bila puna neprijateljskih osećanja, jer je mlada devojka svakog dana postajala sve lepša. Estaš, loše vaspitan dečak bez srca, uživao je u tome da je i za najmanji razlog tužaka svojoj baki.

U toj neprijateljskoj atmosferi Sereino srce se stisnulo. Doduše, devojka nije pokazivala da pati. Bila je ponosna i hrabra, pa je skrivala svoj bol duboko u srcu...

Serenin život nije bio srećan i devojka je s grozom pomišljala na to da je od punoletstva dele još tri godine.

Znala je da bi bilo nekorisno da zamoli svog staratelja da je oslobo-di te tiranije. Pogotovo jer je to jednom uzaludno pokušala. Gospodin Bekford joj je tada iskreno obećao da će joj pomoći, ali, bojeći se pri-govora svoje tašte, nije se usudio da se upusti u tu borbu.

Tog poslepodneva, kad su gospođa Ridijer i Simon izašle, Serena je pošla do služavke Leoni. Bila je to snažna i vredna seljačka devojka koja je tek nedavno ušla u službu kod Bekfordovih. Oni su, naime, često menjali poslugu jer su gospođe bile previše zahtevne. Serena i Leoni počele su da prostiru veš na travnjaku udaljenom pet-šest mi-nuta od kuće.

Elektrana se nalazila blizu seoceta Kevrinji. Bila je okružena liva-dama i pašnjacima. Između drveća su se videli krovovi seoskih kuća. Na brežuljku iznad livade koja je pripadala elektrani uzdizala se stara Crkva Gospe od Milosrđa.

Sunce se probijalo kroz grane drveća, šireći se dugim zidovima po-crnelim od godina i padajući na travnato tlo. Tamo je sedeo mladić i sigurnom rukom nešto crtao. Često bi prekidao posao i razmišljao živahno posmatrajući crkvu. Crte njegovog lica bile su istovremeno i nežne i muževne i odavale su veliku inteligenciju. Kad bi ga čovek video, odmah bi pomislio: *Ovo nije bilo ko!*

Nestrpljivo se trgnuo kad je do njega dopro glas Leoni:

– To će biti lep veš, gospođice! Samo ako do sutra ne bude padala kiša!

Mladić je procedio kroz zube:

– Gotovo je s mojom samoćom! Pa, već je i vreme da se vratim...

Zatvorio je album na kolenima i ustao, pokazujući pritom veliku spretnost i lakoću. Obavio ga je zrak sunca, pa je njegova kosa zasjala zlatnim sjajem. Mladić se sagnuo, podigao šešir i krenuo puteljkom što je od crkve preko travnjaka vodio do druma.

Zastao je na trenutak i pogledao šta se događa ispod njega. Serena i služavka prostirale su veš. Upravo u tom trenutku protrčao je psić, pa je počeo da skače po čistom vešu ostavljajući na njemu tragove svojih prljavih šapa.

Leoni je uzviknula:

– Kakva nesreća! Ta prljava životinja... Gubi se!

Začuo je mili Serenin glas:

– Trik, odlazi... Nevaljali psiću! Ne, Leoni, nemoj mu ništa učiniti!

– Neću valjda dopustiti da mi uprlja veš! Ah, evo gospodina Esta-ša... Pozovite svog psa, gospodine!

Na ulazu u livadu pojavio se dečak oholog izraza lica. Prezrivo je odgovorio:

– Pozvaću ga kad ja to budem hteo!

– Divno! Pogledajte samo... Moraću ponovo da operem veš! Pokazaću ti, nevaljala životinjo!

I Leoni je uzdignute ruke krenula prema psu.

Estaš je skočio na nju i uhvatio je za ruku vičući:

– Zabranjujem ti da ga pipneš! Ja sam njegov vlasnik! Zabranjujem ti...

Služavka je rekla nešto nepristojno, ali Serena je već uspela da dohvati psa za ogrlicu i odvede ga dalje od veša.

Estaš je sada pustio Leoni, pa je besno povikao:

– Ostavi ga! To se tebe ne tiče!

Ona je odlučno odgovorila:

– Ne treba Leoni otežavati posao. Budi razuman, Estaše!

– Ne mešaj se u ono što te se ne tiče, glupačo!

Krenuo je prema devojci i grubo strgnuo njene nežne prste sa kožne ogrlice. Oslobođeni Trik ponovo je pojurio prema vešu, privučen besnim kricima služavke Leoni.

Tog trenutka je stranac, koji je sa zanimanjem pratio tu scenu, sišao puteljkom prema travnjaku. U nekoliko skokova našao se kraj Serene i Estaša. Skinuo je šešir i pozdravio začuđenu Serenu, pa zatim oštrim glasom kazao Estašu:

– Pozovite svog psa! Već je napravio dovoljno štete.

Sledeći primer svoje bake, i njeni unuci bili su drski prema svima slabijim od sebe, ali postajali su pokorni čim bi osetili da je neko snažniji ili moćniji od njih. Stranac je u tom trenutku delovao vrlo odlučno, pa je Estaš smatrao pametnim da popusti. Zlovoljnim glasom pozvao je psa:

– Trik, ovamo!

Ali Trik je i dalje skakao po vešu i nije poslušao svog gospodara.

Mladi čovek je naredio ledenim glasom:

– Idite po njega, to će biti korisnije.

Estaš ga je zlovoljno poslušao, pa je u prolazu sa uživanjem i sâm nagazio na raširen veš.

Stranac je slegnuo ramenima i prezirno promrmljao:

– Tom dečaku ne bi škodile dobre batine.

Zatim je pogledao Serenu i dodao:

– Mislim da ćete morati ponovo da operete veš, gospođice!

– I ja tako mislim, gospodine!

Ona je pocrvenela spustivši duge svilenkaste trepavice.

Strančev pogled nije bio ni tvrd ni drzak, kao što su bili pogledi nekih koje je u prolazu sretala. Ipak je osetila nelagodu opazivši zanimanje u njegovim lepim očima.

Trik je pokušavao da pobegne svom gospodaru, pa je otišao prema ivici travnjaka. Estaš je trčao za njim... Mladić je rekao sa smeškom koji je omekšao njegov inače hladan izraz lica:

– Nadam se da ćete se rešiti ovog mučitelja, gospođice!

Pristojno se naklonio i otišao čvrstim i gipkim korakom.

Serena ga je za trenutak pratila pogledom, a zatim je prišla Leoni, nesrećnoj zbog isprljanog veša.

– Pogledajte, gospođice! Bar pola veša moram ponovo da perem... Ali ako se ovo ponovi, sve ću napustiti! Nemoguće je raditi u tim uslovima.

– Pomoći ću vam, Leoni! Neće dugo trajati.

Služavka se ljutila:

– To zaista nije prijatan posao! Rekli su mi to. Tog dečaka bi trebalo strogo odgajati, a ne... Ovaj mladi gospodin bi ga naučio redu...

Pokazala je prstom u smeru u kome je nestajala silueta otmenog stranca.

Serena je zapitala:

– Ko je on? Znate li?

– To je novi inženjer gospodina Sorbena. On je polu-Englez...

– Kako polu-Englez?

– Majka mu je bila Francuskinja. To mi je rekla kuvarica Sorbenovih. Taj mladi čovek je veoma ponosan i ćutljiv. Radnici se ne žale na njega iako je strog. Pravedan je prema svima i dobro poznaje svoj posao.

Serena se setila da je čula svog staratelja nekoliko dana ranije kako priča o novom inženjeru Ralfu Hotonu, kojim je fabrikant, gospodin Sorben, bio vrlo zadovoljan.

Zaista je izgledao poput čoveka kome se moralo pokoravati, pa je bilo sasvim sigurno da bi uspeo da ukroti i Estaša.

Na nesreću, za to neće biti prilike! A njegova intervencija kod tog nevaspitanog deteta postigla je samo delimičan rezultat.

Petnaest minuta kasnije Serena se sa služavkom vratila kroz mala baštenska vrata. Kad je prolazila kraj prozora salona, začula je svog staratelja kako je zove. Prišla je staklenim vratima na kojima se pojavio gospodin Bekford.

– Napokon si stigla! Ova kuća je potpuno prazna. Uzalud sam zvonio... Hoćeš li mi doneti čaj, mala moja?

– Da, rođače, odmah!

Serena nije bila naročito znatiželjna koga je gospodin Bekford primio. Pripremila je poslužavnik i krenula u salon. Kad je ušla, neki čovek je sedeo naspram njenog staratelja. Ustao je da bi je pozdravio. Prepoznala je stranca kog je malopre srela.

Gospodin Bekford ga je predstavio:

– Gospodin Hoton, inženjer u fabrici *Sorben*... Moja bratanica, gospođica Dokran.

Ralf je iznenada rekao:

– Gospođica je Engleskinja?

– Po ocu. Majka joj je bila Špankinja.

– Ah! Špankinja!

Diskretno je ponovo pogledao ljupko lice čije je obraze obojilo rumenilo.

Gospodin Bekford je potvrdio:

– Da, i to se vidi na njoj. Posluži čaj, Serena! Videćete, ona priprema izvanredan čaj, gospodine Hoton!

Serena je pogledom potražila mesto gde bi stavila poslužavnik. Nije bilo čajnog stočića, jer su ga verovatno gospođa Ridijer ili Simon upotrebile u neku čudnu svrhu. Na velikom stolu je pak gospodin Bekford rasprostro svoje papire zajedno s nekim sitnicama koje su se uvek nalazile kraj njega.

Ralf je ustao i rekao:

– Dopustite, gospođice...

Njegove fine ruke začas su spretno pomakle papire, napravivši dovoljno mesta za poslužavnik.

Gospodin Hoton je sve to radio s pristojnošću dobro vaspitanog čoveka, videvši nepriliku u kojoj se devojka našla. Ničim nije odavao da to čini podstaknut Sereninom lepotom.

Ali mlada devojka, nenaviknuta na pažnju, osetila je u tom gestu nešto što ju je uzbudilo i začudilo... Kad je malo kasnije sedela kraj svoje korpe pune veša za krpljenje, nastavila je da misli na stranca i na njegove divne oči.

Za vreme večere gospodin Bekford pričao je o poseti Ralfa Hotona.

– Gospodin Sorben razmišlja o novim električnim instalacijama, pa je poslao svog inženjera kod mene na razgovor. Nije me našao u elektrani, pa je došao ovamo. Naravno, ponudio sam mu čaj...

Simon ga je prekinula:

– Šta misliš o njemu, oče?

– Odmah se vidi koliko je inteligentan. Vrlo živahnog duha. Pored toga je i lep mladić i ponaša se poput pravog plemića...

– Zar ne? To sam i ja primetila onog dana kad sam ga srela u mestu.

Gospodin Bekford se glasno nasmejao.

– Ah, ti si ga već zapazila! Sasvim je jasno da će svi ovdašnji mladići, pa čak i lepi Morel, izgubiti od njega. To bi bio zgodan udvarač za tebe, Simon!

– Da, kad bi imao bar nešto imovine. Doduše, njegov položaj će mu s vremenom doneti veću platu, pa bi to bilo moguće... Raspitaj se o njemu kod gospodina Sorbena, oče!

Gospođa Ridijer se umešala:

– Ja ću se raspitati. Tvoj otac je previše nespretan. Neće znati da izvuče iz Sorbena sve potrebne informacije.

– Ipak mislim...

Ne dopuštajući ocu da dovrši misao, Simon je izjavila:

– Moramo da ga pozovemo na tenis. Seti se toga, oče, čim ga prvi put sretneš.

– Ali, draga moja, trebalo bi da vas pre toga službeno poseti.

– Pa pozovi ga! To nije teško.

Gospodin Bekford je polagano prešao rukom preko svoje plave brade šapućući:

– Ne znam hoće li hteti. Deluje vrlo hladno.

Gospođa Ridijer je ponosno podigla glavu.

– Kako to? Zar taj mladi inženjer, kog Sorben plaća, može misliti da nismo dostojni njegove posete? Pa ti se šališ.

– To je samo pretpostavka. Možda će čak biti oduševljen zbog poziva i mogućnosti da se zabavi.

Estaš je sve dotad slušao bez reči. Sada je punim ustima izjavio:

– Ja ne želim da taj Englez dođe ovamo! Ne sviđa mi se.

Na to je usledio vrlo živahan razgovor između brata i sestre. Gospodin Bekford je isprva pokušao da ih ućutka, ali je zatim sâm ućutao. Gospođa Ridijer je sa uživanjem jela povrće koje je Serena divno pripremila. Simon i Estaš će već ućutati kad im se to prohte, kao što je uvek i bilo.

13

Serena se i protiv volje setila hladnog i ponosnog inženjerovog lica i njegovog pametnog pogleda.

Ali zaista nije mogla ni da zamisli da bi se njemu moglo sviđati društvo gospođe Ridijer i Simon!

2.

Dva dana kasnije gospođa Ridijer je nakon posete gospođi Sorben donela željene informacije.

Ralf Hoton je poticao iz odlične porodice. Njegova majka bila je poslednji potomak stare otmene porodice iz Overnje. Ali osim svoje inženjerske plate, on nije imao nikakvu imovinu. Bio je siroče, bez ikakvih bliskih rođaka, pa je živeo sâm sa slugom u malom paviljonu određenom za stanovanje inženjera.

Gospođa Sorben je hvalila njegovu ozbiljnost, priznajući pritom da kod njega postoji neka suzdržanost koja nije dopuštala da mu se iko približi. Činilo se da ne želi da mu se neko meša u privatni život.

– Dakle, on kao suprug otpada – zaključila je gospođa Ridijer. – Ti možeš da sklopiš, što se novca tiče, mnogo povoljniji brak.

– Da... ali to je šteta... Ipak ću se utešiti!

– Potrudićeš se da uhvatiš Morela u svoju mrežu čim se vrati.

– Možda će to sada, kad je dobio takvo nasledstvo, biti teže.

Gospodin Bekford je ćutke slušao razgovor koji se odvijao za vreme večere. Napokon je odmahnuo glavom.

– To je verovatno. Tvojih pet stotina hiljada franaka miraza sigurno mu neće odgovarati.

Gospođa Ridijer je gorko primetila:

– Zašto unapred obeshrabruješ sirotu devojku? Ako bude vešta, sigurno će uspeti.

– Nisam rekao da neće... Ipak, moram priznati da mladi Morel baš i nije zet o kakvom sam sanjao.

Njegova tašta ga je uništila pogledom.

– Zaista? Zašto?

– On je lenjivac i kicoš. Priča se da je kockar i da ne zna da se ponaša...

Gospođa Ridijer je slegnula ramenima.

– Priča se... Priča! Ne treba verovati govorkanjima. Uostalom, ako ti se on ne sviđa, nađi drugu dobru priliku za Simon. Samo, gde ćeš je naći?

– Ne znam! Ali i ne žuri joj se...

– Misliš? Simon ne deli tvoje mišljenje, zar ne, mala moja? S dvadeset četiri godine čovek već poželi da zasnuje dom...

– Sigurno, bako, i ako me Morel zaprosi, neću ni trenutak oklevati.

Gospodin Bekford nije više ništa rekao. Tek je nakon nekoliko trenutaka upitao:

– Dakle, ne želite više da pozovem inženjera?

– Pozovi ga, oče! Biće divno društvo. Tako je otmen. Pored toga, kažu da odlično igra tenis...

– Sutra ću se videti s njim. Pokušaću da mu spomenem kako biste vi bile oduševljene...

Gospođa Ridijer ga je, po običaju, prekinula:

– Potrudi se da to izvedeš spretno kako on ne bi pomislio kako nam je previše stalo do njega. Ali, ubogi moj prijatelju, plašim se da ti to neće poći za rukom.

Izgledalo je, ipak, da je gospodin Bekford bio dobar diplomata, jer je Ralf Hoton stigao naredne nedelje posle podne u posetu.

Gospođa Ridijer i Simon upravo su se vratile s neke svadbe u Ešanvilu i bile su i dalje u svečanim haljinama. Gospođa Ridijer je bila oduševljena zbog toga, pa je tako lako prešla preko očigledne hladnoće mladog Engleza.

Simon je bila vrlo ljubazna prema njemu i pozvala je mladog inženjera na partiju tenisa.

Ralf nije ništa obećao. Njegova poseta je kratko trajala iako se Simon, kojoj se očigledno dopao, trudila da ga zadrži. Gospođa Ridijer mu je rekla:

– Nadam se, gospodine, da ćemo moći koji put da vas pozdravimo kod nas. Svakog četvrtka moji prijatelji dolaze na čaj, pa se nadam da ćete i vi uvećati njihov broj.

– Vrlo sam zaposlen, gospođo, pa zbog toga neću moći...

U rečima mladog čoveka, u njegovom smešku, osećala se snažna ironija. To, međutim, nisu primetile ni baka ni Simon. Gospođa Ridijer je protestovala:

– Morate se zabaviti! U vašim godinama! Život nije baš uvek veseo...

Nakon inženjerovog odlaska gospođa Ridijer je u nekoliko reči iznela svoj utisak o njemu:

– Ne može se kazati da je naročito ljubazan... ali dobro će delovati među našim prijateljima. Šta misliš, Simon?

– To je i moje mišljenje, bako! On je zgodan... Morelu će biti krivo kad ga vidi. On je užasno ljubomoran na sve zgodnije od sebe.

– Pokazujući zanimanje za tog stranca, možda ćeš naterati Morela da se napokon izjasni.

– Da, mogla bih da pokušam... Osim toga, već će taj inženjer postati ljubazan! Ima predivne oči, zar ne, bako? Ipak, sigurna sam da s njim neće biti baš lako. Možda on ne bi bio prijatan ni kao suprug.

Nakon nekoliko trenutaka razmišljanja Simon je zaključila:

– Zaista šteta! Prava šteta!

Ralf je zamišljeno išao putem prema fabrici *Sorben*. Oko njega je svetlo u smiraju dana napuštalo prazna polja. Obzorje je poprimilo svetloljubičastu boju, a vazduh je postajao sve vlažniji što se sumrak približavao.

U Ralfovom pogledu se iznenada pojavio interes. Na putu pred njim najednom se pojavio nežan lik žene koja je skladno koračala. Što se više približavala, to je inženjer mogao bolje da raspozna njenu jednostavnu, dobro krojenu haljinu od već izlizanog platna, šešir sa ukusnom trakom, tamno fino lice i crne oči nežne poput baršuna. Već bi i same oči bile dovoljne da čovek obrati pažnju na Serenu Dokran.

Nosila je tešku korpu. U prolazu je blago porumenela dok je uzvraćala inženjeru pozdrav. On je mirnim korakom nastavio svojim putem. Kraj fabrike je sreo gospođu Sorben, ženu u pedesetim godinama, prerano osedele kose i blagog lica.

Pružajući Ralfu ruku, ona ljubazno reče:

– Vraćate se iz šetnje?

– Ne, već ih posete. Posetio sam taštu gospodina Bekforda.

– Pa, kako vam se sviđa?

Ralf se pomalo podrugljivo nasmešio:

– Video sam već bolje restaurirane stare slike...

Sada se i gospođa Sorben nasmejala.

– Pogađam, vi ste nalik mom suprugu, koji ne može da je podnese... Uostalom, ni ja. Nema ničeg ogavnijeg od te stare koketne žene. Pored toga, užasno je vaspitala svoju unučad i, kao što sam vam već rekla, pokazala se kao vrlo zla prema bratanici svog zeta. Postupa s njom kao sa služavkom i tera je da neprekidno radi, ne dopuštajući joj ni najmanju zabavu.

– Za to je odgovoran i njen staratelj.

– Da, naravno! Ja sam mu to jednom rekla. Pretvarao se da ne razume, a ja se nisam usudila da dalje navaljujem.

– Viđate li ponekad tu mladu devojku?

– Da, ponekad u crkvi. Razgovaram s njom, pa katkad i pođemo zajedno kući. Ona je ljupka! Pametna, dobra i plemenita. Poseduje sve vrline.

– U tom slučaju sigurno pati kraj te dve žene. Čini se da unuka gospođe Ridijer ne poseduje ništa od navedenih vrlina gospođice Serene.

– To i ja mislim! Sigurno ta sirota mala, iako se nikad ne žali, užasno pati... Htela bih da se uda kako bi se sklonila iz te sredine. Ona bi bila savršena žena za čoveka koji bi bio tako srećan da je izabere.

Ralf je odgovorio s hladnom ironijom:

– Možda bi tada postala kao i sve druge. Koketna, željna luksuza i zabave, možda bi se bez milosti poigravala onim koji joj je poklonio srce.

U pogledu gospođe Sorben pojavilo se iznenađenje.

– Ali, gospodine... Zar imate takvo mišljenje o ženama?

– Najgore, gospođo!

– To je tužno! Ipak, ima i dobrih i odanih žena...

– Da, to priznajem! Ali je ovih drugih više. A kada ih čovek jednom sretne, više ne može da povrati svoje poverenje i iluzije...

Zatim se naklonio i oprostio od gospođe Sorben, koja ga je pratila pogledom razmišljajući: *On je sigurno doživeo neko ljubavno razočaranje. Morao bi ponovo da se zaljubi... u lepu osobu kao što je Serena, na primer. Ipak, na nesreću, ona je previše siromašna, a ni on ne poseduje imovinu... tako da... Pored toga, da li bi je on usrećio? Jer ja o njemu ne znam ništa drugo osim onoga što on želi da pokaže. Mislim da je hladan... možda čak i tvrd... Ne znamo mnogo o njegovom ranijem životu, jer on ne govori ni o čemu što se tiče njega lično.*

Sledeće nedelje se Ralf Hoton pojavio na teniskom terenu.

Morel se vratio nakon što je završio pitanje nasledstva svoje tetke. Osvanuo je u novom odelu na crno-bele pruge. To je sada bilo najmodernije. Prezirno je pogledao inženjera u flanelskom odelu, očigledno već više puta čišćenom.

Ipak su sve žene u društvu odmah poklonile pažnju lepom Englezu, koji je svoje staro odelo nosio vrlo elegantno. Iznenađenje je izazvala i izvrsna inženjerova igra.

Morel, koji je do sada ubirao svu slavu, pobledeo je od besa. Simon, primetivši to, još se više pretvarala kao da vidi samo mladog Engleza. Ralf je prihvatao svu tu pažnju s rezervom, pomešanom s laganom ironijom. Nakon tenisa je pristao da pođe na čaj kod Bekfordovih, gde ga je gospođa Ridijer dočekala izuzetno ljubazno u haljini od šarene svile. Serena se nije pojavljivala nakon što je postavila sto. I buket na sredini stola bio je delo njenih ruku... Međutim, to nije sprečilo Simon da kaže kako je ona napravila buket čim je jedna od njenih prijateljica primetila koliko je lep.

Na to je Morel, želeći da bude jednako otmen kao onaj oholi Englez, oduševljeno izjavio:

– Vi ste prava vila, gospođice!

3.

Gospođa Ridijer bi svake godine povodom svog rođendana priredila veliki prijem.

Već nekoliko dana unapred u kući je vladala velika užurbanost, pa je Serena, iz iskustva proteklih godina, znala koliko je više posla čeka nego obično.

Gospođa Ridijer, tašta i proždrljiva žena, nije je štedela tog dana. Dugo je sa Simon i Estašom razmatrala jelovnik. Gospodin Bekford nije imao šta da kaže u vezi s tim. Napokon su sastavili listu, s koje je šef kuhinje hotela *Normands* precrtao bar polovinu.

Naravno, i baka i unuka morale su za tu priliku da sašiju nove haljine. Već dugo se to pripremalo, ali obično su se tek u poslednjem trenutku odlučivale. To je izazvalo veliku nervozu, pa su se haljine morale šiti dan i noć u krojačkoj radnji gospođice Lutr, najbolje krojačice u Ešanvilu.

Ove godine je gospođa Ridijer odabrala zlatnožutu svilu s ljubičastim prugama, što je odavalo loš ukus. Simon je odabrala najekstravagantniju haljinu pronađenu u časopisima gospođice Lutr.

Na listu zvanica dame su, na veliko čuđenje gospodina Bekforda, dodale i ime Ralfa Hotona.

– Kako, zar i njega? Pa jedva ga poznajete. Samo vas je jednom posetio...

– To nije važno. Ovde na selu nije potrebno toliko ceremonija – izjavila je gospođa Ridijer. – Taj mladi čovek će se dobro snaći među našim gostima.

– Ukoliko prihvati poziv.

– A zašto ne bi? Njemu taj poziv može samo da laska. Bar mi se čini.

– Ja ništa ne kažem... ali možda to ne odgovara njegovom ukusu...

– A zašto ne bi? Čovek uvek rado dobro večera, a još ako je prijatno društvo... Sigurno će iskoristiti priliku i dobro se zabaviti.

– Možda... Meni samo može da bude drago. Sviđa mi se taj gospodin Hoton.

– Čudila bih se kad ne bi bilo tako.

Gospodin Bekford je pomislio: *Dođavola! Dakle, dovoljno je biti zgodan i znati da se ponašaš. Na sreću, čini se da je Hoton ozbiljan čovek, inače bi mogao da zaludi Simon, pa bi ona mogla da zaboravi na moguće posledice. Baka ju je tako loše vaspitala! Bolje reći – nije je uopšte vaspitala.*

Gospođa Ridijer je dobro predvidela. Ralf Hoton je prihvatio poziv. Elegantno odeven, stigao je u određeno vreme. Svi prisutni muškarci delovali su kraj njega vulgarno i smešno.

Žene su mu ukazivale najveću pažnju. On je prihvatao njihova laskanja, ali hladno i pristojno. Iako nije bio nadmen, bilo je sasvim jasno da je svestan svoje lepote i šarma. Očigledno je bio naviknut da žene obraćaju pažnju na njega gde god se pojavi.

Na Simonino navaljivanje, gospođa Ridijer ga je smestila za sto između dve ružne žene: debele gospođe Žilijen od dvadeset pet godina, koju su svuda nazivali malim slonom, i gospođice Kaju, zrele crnokose žene s brčićima. Ova poslednja je bila vrlo inteligentna i živog duha, tako da je Ralf mogao vrlo prijatno da razgovara s njom, obraćajući se s vremena na vreme i drugoj gospođi, koja bi mu odgovarala samo kratko i gotovo nečujno, jer je bila neizlečivo plašljiva.

Simon je sedela naspram mladog Engleza. Često se smejala i govorila glasno, očigledno želeći da je on zapazi.

Feliks Morel se trudio da bude duhovit, posmatrajući povremeno besnim očima stranca koji je nadmašio njega, poznatog u ovom krugu kao najelegantnijeg čoveka.

Gospođa Ridijer, prenaglašeno našminkana, s novom plavom perikom, bila je ukrašena napadnim draguljima. Prenemagala se između svoja dva suseda za stolom, gospodinom Sorbenom i pukovnikom Kavrekom. Pukovnik je već bio u penziji i živeo je na imanju blizu fabrike s dve ćerke usedelice. One su nekada nemilosrdno odbijale prosce. Među njima i neke vrlo dobre ponude, a sve zbog toga što nisu želele da žive na selu. Sada, kada ih više niko nije prosio, i dalje su živele u očevoj kući, jer im ništa drugo nije preostalo.

Večera je bila loša uprkos dobrim namerama. Gospođa Mirije, glasnogovornik tog kraja i žena tamošnjeg beležnika, šapnula je na uvo svom susedu:

– Ta sirota gospođa Ridijer nema pojma kako treba prirediti prijem. Još nikad nisam videla prostiju večeru. A vi?

Njen sused Feliks Morel složio se s njenim mišljenjem. Iskoristio je to i ispričao o večeri na koju je bio pozvan prošle godine u Parizu kod nekog političara, vrlo uvažene ličnosti.

Feliks je oduševljeno opisivao izvrsna jela koja je pripremio spretni šef kuhinje. Gospođa Mirije, koja je cenila dobro jelo, oblizala je usne i šapnula:

– Izvanredno! Dragi gospodine, shvatam zašto vam je ta večera ostala u nezaboravnom sećanju.

– Zar ne?! A uz to je taj Šambon još i šarmantan čovek.

– Zaista? Neki su mi govorili da je vulgaran. Pored toga, ima suviše napadne političke ideje... tako nepatriotske...

Feliks je prezrivo odmahnuo.

– To se samo tako čini! U suštini on nije loš... ni najmanje. Osim toga, pripisuju mu reči koje nikad nije izgovorio. To mi je on sâm rekao... Da, gospođo, dugo smo razgovarali...

Zapravo se taj opisani razgovor svodio na dve-tri reči koje je političar uputio u prolazu mladom čoveku u trenutku kad su mu ga predstavili:

– Kako napreduje vaša provincija, mladi čoveče? Jesu li tamo još svi klerikalci i patriote?

To je bilo sve što je političar kazao. Nakon toga se slavni Šanbon udaljio i ne poslušavši do kraja promucani Morelov odgovor.

I to je bio ceo taj slavni razgovor.

Estaš, sedeći nešto dalje, trpao je u sebe svoja omiljena jela ne obazirući se na besne očeve poglede. Gospodinu Bekfordu nije bilo drago što mali prisustvuje večeri. Ali kao i uvek, morao se pokoriti želji svoje tašte. Ona je zahtevala da „sirotog malog" ne liše te zabave.

Za to vreme Serena je pokušavala da se malo odmori u svojoj sobi u potkrovlju. Bila je slomljena od posla koji je pao na nju. Neprekidno su nešto zahtevali od nje, prigovarali joj i upućivali neprijatne reči. Ma šta da je radila, gospođa Ridijer i Simon nikad nisu bile zadovoljne.

Njeno zdravlje je postajalo sve slabije, ali niko nije na to obraćao pažnju. Izgubila je apetit i često ju je bolela glava. Tako je bilo i večeras. Obučena je legla na krevet nadajući se da će gvozdeni obruč koji joj je stezao glavu bar malo popustiti. Ali te izuzetno tople aprilske večeri u sobu nije dopirao ni dašak svežeg vazduha. Mansarda je bila zagušljiva. I tako je devojka odlučila da siđe i udahne malo svežeg vazduha u vrtu.

Zvanice još nisu napustile trpezariju. Serena je u prolazu čula njihov smeh i glasan razgovor. Tog trenutka su se otvorila vrata. Izašao je konobar unajmljen za tu priliku, pa je Serena videla osvetljenu trpezariju. Žene i muškarci bili su svečano obučeni.

Nasmešila se setivši se koliko će joj posla ta večera sutra zadati. Zatim je Serena kliznula napolje, sve do kruga s cvećem kraj kog se nalazilo nekoliko starih fotelja smeštenih oko nekog polutrulog stola.

Sela je oslonivši glavu na naslon fotelje. U vazduhu se osećao lagan osvežavajući povetarac. Mlad mesec bacao je zrake na zapušten vrt. O njemu se brinuo Toane, mlađi brat Leoni, koji je dolazio tu nekoliko sati nedeljno da radi, ili tačnije, trebalo je da radi. Iz kuće su dopirali glasovi i smeh... I Serena je zadremala na toj noćnoj svežini i u tišini.

Nešto kasnije začuli su se koraci po šljunku. Neko se približavao. Bila su to dva muškarca koja su razgovarala hodajući s cigaretama u rukama. Gospodin Sorben i Ralf Hoton. Prvi je govorio poluglasno, sležući pritom nestrpljivo ramenima.

– Moram vam priznati, dragi moj, ova večera predstavlja za mene pravo iskušenje. Ali morao sam prihvatiti poziv zbog svojih poslovnih veza s Bekfordom. Moja žena ju je ove godine izbegla izgovarajući se na svoje zdravlje. Te gospođe i njihovo društvo nisu joj nimalo dragi.

Ralf je govorio glasom punim prezira:

– Kod njih se duhovna vulgarnost udružila s telesnom. Po mom mišljenju, ne postoji ništa strašnije.

Gospodin Sorben ga je pogledao.

– Zaista? Ipak, mislio sam, s obzirom na to da ste prihvatili poziv, da će vas to ipak zabavljati...

Prekinuo ga je ironični smeh.

– Ne, ne, ni govora! Ukoliko to ne bih smatrao proučavanjem loših karaktera. Došao sam ovamo zbog drugog, mnogo zanimljivijeg razloga.

Nije više ništa dodao, a gospodin Sorben se nije usudio da ga dalje ispituje jer mu je njegov inženjer ulivao strahopoštovanje.

U tom trenutku ga je neko pozvao:

– Gde ste, gospodine Sorben?

– Evo me!

Fabrikant se okrenuo k Ralfu dodavši:

– To je Dravej, koji verovatno želi da razgovara sa mnom o svojim poslovnim planovima. Hoćete li poći sa mnom?

– Ne, popušiću cigaretu na miru pre nego što se vratim u bučno društvo naših domaćina.

– Imate pravo! Doviđenja!

Gospodin Sorben se udaljio, a Ralf je krenuo prema krugu s cvećem.

Serena se nije probudila na zvuk glasova. Ralf je zastao i ugledao je napola ispruženu u naslonjači. Delovala je ljupko i skromno. Njena svilenkasta smeđa kosa, koju je rasplela zbog glavobolje, pala joj je na ramena. Mesečev zrak je osvetljavao lepo lice i nežne ruke prekrštene u krilu. Činila se dosta mlađa, gotovo kao dete. Ali njena usta su odavala bol, a duge trepavice bi s vremena na vreme zadrhtale.

Ralf ju je posmatrao. Cigareta mu se ugasila u ruci. On nije obratio pažnju na to jer je bio duboko zainteresovan. Ali ne i dirnut. Šapnuo je iznenada sa zlobnim smeškom:

– Ona će biti dovoljno lepa da čovek bude ljubomoran... užasno ljubomoran!

U tom trenutku se Serena pomerila. Pridigla je kapke i u njenim očima se pojavilo iznenađenje kad je ugledala stranca.

Ralf se naklonio i mirno primetio:

– Oprostite, gospođice! Sasvim slučajno sam došao ovamo.

Serena se pridigla. Rumenilo joj je oblilo lice, a u očima joj se moglo primetiti uzbuđenje pomešano sa strahom.

Ralf je mirno nastavio:

– Ipak mi je drago što sam vas večeras sreo iako niste među gostima gospođe Ridijer.

Ona je promucala ne znajući šta zapravo govori:

– Ah, ne, ja nikad ne prisustvujem...

– Gospođa Sorben mi je to reka. Ta dobra žena vas voli...

– Da, ona je dobra. Ponekad razgovara sa mnom kad se sretnemo.

Serena se još nije sabrala. Sve je to bilo tako nenadano... Mladi čovek u sjaju meseca i u večernjem odelu učinio joj se gotovo kao priviđenje.

Ralf je nastavio mirnim glasom sa engleskim akcentom:

– Je li vam vaš neprijatni mladi rođak prouzrokovao još neprilika nakon onog dana kad je njegov pas uprljao veš?

– Da... zapravo... on je razmažen...

– To sam i danas primetio. On vam sigurno otežava život?

– Ne uvek...

Na njenim usnama pojavio se melanholičan smešak. Ipak, smesta se izgubio. Serena je napokon shvatila situaciju. Nije je smela produžavati.

Obrazi su joj sada bili još rumeniji. Kao da je pogodio njenu misao, Ralf je rekao sagnuvši se prema njoj:

– Ponovo se izvinjavam, gospođice, što sam vam nenamerno smetao.

Zatim se udaljio, a Serena je ostala sama.

Na trenutak je pomislila da je sanjala.

Ali ne, on je zaista pre nekoliko trenutaka bio tu. Onaj koga su gospođa Ridijer i Simon zvale „lepi Englez".

Ona je srela njegov živahan i odlučan pogled. To ju je plašilo. Ali on joj je govorio ljubazne reči sa smeškom, koji je davao neki naročit šarm njegovom licu...

Ralf je polako krenuo ka kući razmišljajući: *Ona nije koketna. Još je pravo dete... Njena lepota biće najbolje oružje osvete.*

Nekoliko trenutaka kasnije Ralf se umešao u živahnu grupu gostiju, gde ga je pozvala Simon. Ona je sada, pred Feliksom Morelom, počela da ukazuje najveću pažnju mladom inženjeru, besramno koketirajući s njim.

– Kako je užasno vaspitana ta devojka! – šapnula je gospođa Mirije jednoj svojoj dobroj prijateljici na uvo. – Vidite li kako se udvara tom mladom Englezu? Nemoguće ponašanje! Ali mladić je gleda svisoka. I neka joj.

Morel, videvši šta se odigrava pred prisutnim mladim ženama i devojkama, povuče se i pođe da pozdravi jednu četrdesetogodišnju crvenokosu udovicu. Ona nije bila lepa, ali je bila prilično bogata. Slušajući njena laskanja, on je počeo da zaboravlja uvredu nanesenu njegovom samoljublju.

Cele te večeri više se nije približavao Simon, pa je ona počela da se pita da li je njen manevar zaista tako uspešan.

Kad je to pitala svoju baku dok se ova svlačila, ona je izjavila:

– Bio je besan, ali to je dobro. Za to je kriva ljubomora, a to je dobar znak. Budi ljubazna s njim kad ga ponovo sretneš, ali nemoj prestati pritom nežno da posmatraš gospodina Hotona. To će možda Morela prisiliti da se izjasni što brže.

Dok je svlačila usku suknju koja ju je sputavala pri kretanju, pa je mogla da pravi samo male korake, Simon je šapnula:

– Ah, gospodin Hoton! Sanjaću ga. Kakva nesreća što nije bogat! Bila bih luda za takvim suprugom!

– Oko njega bi morala da igraš, mala moja, a ti na to nisi naviknuta. S te strane bi ti gospodin Morel bolje odgovarao.

– Da, to je istina... A pored toga, to bi bilo i nemoguće. Meni je potrebna imovina pre svega. Dakle, izabraću Morela.

Na te reči Simon je krenula u svoju sobu s pobedničkim izrazom mlade osobe kojoj je samo potrebno da odredi izabranika, bez ikakvih drugih poteškoća.

4.

Kao što je i predvidela, Serena je narednih dana, nakon te čuvene večere, bila neprekidno zaposlena. Trećeg dana je morala da ostane u krevetu jer se loše osećala.

Gospođa Ridijer, kojoj je to Leoni javila, popela se u Sereninu sobu oko deset sati. U to doba dana ona još nije bila ni očešljana ni obučena. Žuti uvojci padali su joj neuredno oko glave. Zelena kućna haljina bila je sva u flekama, a na noge je navukla probušene papuče. Ali zato ipak nije zaboravila da stavi napadne narukvice i teško neukusno prstenje.

Dva prethodna dana ona se odmarala od napora sveg tog primanja, ostajući u krevetu do dva sata posle podne. Ostatak vremena provela je terajući na posao Serenu i služavku.

Danas je prigovorila devojci što se previše čuva. Čekalo ju je mnogo posla. Trebalo je zakrpiti veš, posaditi cveće i srediti nered u vrtu koji je za sobom ostavio onaj lenjivac Toane...

Serena je odgovorila s ponosnim mirom, koji je uvek ljutio gospođu Ridijer i Simon:

– To je danas sasvim nemoguće, gospođo! Sutra će mi biti bolje, pa ću ponovo moći da radim.

Morala je nakon toga da sasluša pravi talas prebacivanja. Kad čovek nema ni pare, ne sme tako da se mazi. Videće već šta će joj se dogoditi kad jednog dana postane vaspitačica ili pratilja. Drugo je nije ni čekalo. Tada će morati neprekidno da radi bilo šta. Neće je štedeti kao ovde... Uostalom, time joj samo čine magareću uslugu, jer je ne navikavaju na život kakav je čeka.

Serena je naizgled nezainteresovano slušala taj izliv zlobe. Morala je da suspregne svoj bol. Ali čim je gospođa Ridijer napustila sobu, na oči su joj navrle suze.

Naslonivši čelo na ruke, očajna je prošaptala:

– Bože moj, smiluj mi se! Tako sam nesrećna!

Tog poslepodneva gospođa Ridijer i Simon odvezle su se kolima u Ešanvil kod jedne poznanice. Trebalo je tamo da večeraju i nameravale su da se vrate kući tek kasno uveče.

Oko šest sati vratio se gospodin Bekford iz fabrike i odmah se popeo do sobe svoje rođake i pokucao. Serena je dremala, pa je odgovorila kratko da uđe.

Gospodin Bekford je prišao njenom krevetu, seo kraj nje i veselo rekao:

– Donosim ti dobre vesti, mala moja Serena!

Devojka se podigla uprkos bolovima koje je osećala pri svakom pokretu. Iznenađeno je pogledala radosno lice svog staratelja:

– Dobru vest?

– Neko te je zaprosio, draga!

Na njenom ljupkom licu pojavilo se iznenađenje.

– Mene... zaprosio?

Gospodin Bekford je s veselim smehom odgovorio:

– Tebe, naravno! Kad bi se radilo o Simon, ne bih se tebi obratio...

– Ne razumem...

– Draga moja, tebi to mogu da kažem. Ti si lepa, vrlo lepa. Gospodin Hoton je to odmah primetio.

– Gospodin Hoton? Zar je to on...

Najjače rumenilo oblilo joj je blede obraze.

– Da, on je malopre došao kod mene u fabriku i zaprosio te. Sviđa li ti se on?

Gospodin Bekford se nagnuo prema devojci i lukavo se nasmešio.

– Ne znam... Čini mi se... da...

Usne su joj drhtale dok se trudila da se nasmeši, a oči su joj odavale duboko uzbuđenje.

– Ne čudim se tome. On je u svakom pogledu izvanredan... ozbiljan, čak vrlo ozbiljan. Odličan inženjer, kako kaže gospodin Sorben. Pored toga, nije pohlepan. Iako ne poseduje imovinu, mogao je zbog položaja koji ga u budućnosti čeka, a i zbog svog izgleda, naći bogatu ženu. Ali on je tebe izabrao jer mu se sviđaš. A to predstavlja garanciju za buduću sreću. Ne misliš li to i ti?

– Oh, da, rođače! Jeste li mu rekli da ja nemam ništa, apsolutno ništa, osim onog malog kapitala od dvadeset hiljada franaka?

– Naravno da sam mu to rekao. A on je odgovorio poput čoveka koji tome ne pridaje nikakvu važnost. „To me ne zanima. Zarađivaću dovoljno za nas oboje." Lepo od njega, zar ne, Serena?

Ona je šapnula očiju punih sreće:

– On je sigurno dobar... vrlo dobar.

– To je sigurno. Možda voli da nameće svoju volju. Čini se da voli kad ga slušaju. Ali u tvojim godinama to ti neće biti teško.

– Naravno!

– Dakle, šta da mu odgovorim?

– Htela bih da razmislim, rođače!

Začuđeno se trgnuo.

– Pa zar mi ne možeš odmah odgovoriti?

– Morala bih da razmislim...

On se nakašljao kako bi sakrio svoju nelagodu.

– Želeo bih da mi odgovoriš pre nego što razgovaram sa svojom taštom i Simon, jer... u slučaju da one ne dele moje mišljenje... Ako ti prihvatiš i ja to javim gospodinu Hotonu, sve će biti u redu. One neće moći da spreče...

Serena je zadržala osmeh. Njen siroti rođak, kakva je to kukavica... Dakle, trebalo je brzo odlučiti.

Gospodin Bekford je počeo da je nagovara:

– Pa on ti se sviđa, mala moja! Gospodin Sorben ima o njemu naj-bolje mišljenje. Prigovaraju mu samo da je možda previše suzdržan i previše ponosan. Ali to nije važno...

Serena je razmišljala poluzatvorenih očiju... Setila se prvog puta kad je srela Ralfa Hotona na travnjaku... a zatim, pre nekoliko dana, u vrtu. Sviđale su joj se njegove oči i njegov smešak... a ipak ju je nešto kod njega plašilo.

Da li je to bio strah? Nije li to bilo samo malo uzbuđenje izazvano ljubavlju koja se rađala u njenom srcu?

Čudna sreća pomešana sa strahom obuzela je Serenu. Gospodin Bekford ju je pažljivo posmatrao razmišljajući uznemireno: *Hoće li on usrećiti ovu malu?*

Napokon je Serena podigla oči, u kojima se odražavala sva čistoća njene duše.

– Dakle, dobro, rođače! Recite gospodinu Hotonu da prihvatam njegovu ponudu... da sam zahvalna...

Glas joj je zadrhtao jer su je te reči već vezale...

– Dobro, mila moja! Jesi li sigurna da ti se on sviđa? Nećeš se pokajati?

– Nadam se da neću... Da, sviđa mi se... Lepo je od njega što me uzima uprkos tako malom mirazu...

– Sigurno! Ponavljam, to je garancija... Što se mene tiče, srećan sam što ćeš naći dom... jer ti ovde nisi srećna, sirota moja mala!

Ponovo se nakašljao:

– Nisam mogao mnogo da učinim za tebe... Bile bi potrebne neprekidne svađe...

Uhvativši njegovu ruku, Serena je blago rekla:

– Pružili ste mi zaklon pod svojim krovom i ja ću vam na tome uvek biti zahvalna.

Nagnuo se i poljubio je, odgovorivši joj duboko dirnut:

– Rado bih učinio više za ćerku svog sirotog Redžinalda... Ali ženska ćud... Ne, to nisam mogao podnositi! Nisam imao snage...

A ipak, od toga nije mogao pobeći sutradan, kad je tašti i Simon saopštio da je inženjer zaprosio Serenu i da je ona prihvatila ponudu.

Isprva su bile užasno iznenađene.

– Serena? Kažeš da je nju zaprosio? Serenu? Hoton? Pa ona nema...

Zatim je gospođa Ridijer ljutito uzviknula:

– Kako si mogao to da ugovoriš bez mog znanja? Pa ja sam tu devojčicu odgajila i brinula se o njoj... Bez reči si je dao strancu o kome ne znamo ništa...

– Nisam znao...

– Zar misliš da je dovoljno ono što smo čuli o njemu od gospodina Sorbena? Ti svima veruješ! Šta ti znaš ko je taj čovek?

– Ne treba preterivati...

– Taj mladić je lud ako se ženi devojkom bez ikakve imovine.

Simon, čije je lice bilo rumeno od besa, iznenada je uzviknula:

– Da, on je lud! Pa gde je uopšte upoznao tu malu bezobraznicu?

– Rekao mi je da ju je sreo dva puta. To mu je dovoljno, jer je ona vrlo lepa...

Simon je zaškrgutala zubima i zlobno se nasmejala.

– To zavisi od ukusa! Nisam verovala da bi gospodin Hoton mogao da se zaljubi na prvi pogled!

– To i nije na prvi pogled.

– Zažaliće on brzo. Žena bez imovine smetaće njegovoj karijeri. A kada to shvati, neka se bog smiluje Sereni! Neće biti baš lako s tim lepim inženjerom. Vara se ona ako misli...

Gospođa Ridijer je potvrdila:

– To je još nešto o čemu nisi razmišljao. U to sam sasvim sigurna, Čarlse! Karakter tog prosca mogao bi Sereni naneti mnogo neprijatnosti.

Na sreću, u tom trenutku pozvali su gospodina Bekforda u fabriku. Izvukao se srećan zbog toga, a dve žene ostale su same.

Simon se gušila od besa. Pa ta mala Serena udaće se pre nje. I to bez igde ičega, a Simon je imala miraz i položaj u društvu. A udavala se Serena upravo za onog koga bi sama Simon odabrala između svih samo kad bi imao novac. Kakva nesnosna pomisao!

I gospođa Ridijer je tako mislila. Pored toga, bila je nezadovoljna što će izgubiti besplatnu služavku, tako spretnu i brižnu. Ljutilo ju je i to što je njen zet obraćao tako malo pažnje na nju.

Posle podne se Serena nešto bolje osećala, pa je sišla i počela da krpi veš. Morala je pritom više od sat vremena da sluša staru gospođu kako joj priča o tome kakve je sve nesreće čekaju, nabrajajući joj greške i rđave osobine Ralfa Hotona. Prebacivala joj je da je neoprezna i glupa što je pristala na taj brak.

Simon joj se zlobno narugala:

– Baš će se taj siroti Hoton usrećiti devojkom koja nema pojma ni o čemu i ne poznaje svet. Brzo će te on odbaciti.

Znajući za zlobu koju su te žene osećale prema njoj, Serena je sve slušala mirno. Ipak, iduće noći nije ni oka sklopila. Već je i sama bila nemirna zbog odluke koju je donela, pa su je njihove reči samo još više uplašile. Žalila je zbog odgovora koji je dala gospodinu Bekfordu, a koji je on već preneo inženjeru Hotonu. Sutra će Ralf Hoton doći i sve će biti konačno dogovoreno... Da, prebrzo je odlučila, pa jedva da ga je i poznavala.

Shvatila je da je, pored privlačnosti mladog Engleza, u donošenju njene odluke učestvovala i želja da što brže pobegne iz te kuće.

Ali sada je morala da se veže za ceo život. Hoće li taj otmeni i zavodljivi stranac biti nežan i dobar suprug kakvog je želela?

Kako to da zna?

Ujutru je ustala sva slomljena, pa je jedva uspevala da obavi svakodnevne poslove. Gospođa Ridijer, i ne pitajući je kako se oseća, poslala ju je po jaja na gazdinstvo nedaleko od Gospe od Milosrđa.

Nakon što je obavila posao, pošla je u crkvu i pomolila se. Srce joj se umirilo i izašla je smirena u jasnu svetlost aprilskog dana.

Na puteljku se pojavio Ralf Hoton. Naglo je zastala, pocrvenevši. I on je na trenutak zastao, očigledno iznenađen. Zatim joj je prišao skinuvši šešir.

– Ovaj susret mi dopušta da vam zahvalim, gospođice, na vašem odgovoru koji mi je preneo gospodin Bekford.

Ona je promucala:

– Trebalo bi da ja zahvalim vama... Rođak mi je rekao da ste neza-interesovani za...

U Ralfovom pogledu pojavio se tračak ironije.

– Uveravam vas, gospođice, da to nije moja zasluga! Uostalom, vaše odlike nadoknađuju nedostatak miraza, koji meni uopšte nije važan.

Duge svilenkaste trepavice začas su zaklonile Serenin pogled.

Njegove oči imale su neku čudnu moć nad njom... Osetila je uzbu-đenje, u isti mah divno i zastrašujuće.

Uspela je da kaže sa uplašenim smeškom:

– Moraćete da imate strpljenja sa mnom, jer ja u mnogim stvarima nemam iskustva. Držali su me po strani od sveta, kao što i sami znate... Tako nisam imala priliku mnogo toga da naučim, saznam i...

– Tim bolje! Ono društvo u kome se kreću gospođa Ridijer i go-spođica Bekford vama uopšte ne priliči. Vi pripadate drugoj vrsti. Kad postanete moja žena, odvešću vas iz tog kruga. Uostalom, on nije ni moj ni vaš!

U njegovom glasu mogao se naslutiti tračak prezira.

Serena je preplašeno upitala:

– Valjda ćete mi ipak dopustiti da se srećem sa svojim rođakom?

– Naravno... iako nije obavljao valjano svoju dužnost prema vama.

– On je slab, ali ipak me voli.

– To je dokazivao na čudan način! Jer, koliko sam shvatio, te žene su ga mučile, iskorišćavajući u isto vreme njegovu snagu i zdravlje.

Ona je šapnula:

– Da... pomalo...

– Hteli ste da kažete mnogo. Vi danas izgledate iscrpljeno. Sigurno su vam natovarili mnogo posla nakon one čuvene večere?

Ona je još više pocrvenela pod tim sada mnogo blažim pogledom.

– Da, imala sam mnogo posla.

– A lepa Simon i ne pomišlja da bi i ona mogla da pomogne?

On se ironično nasmejao. Pružio je ruku i dohvatio Sereninu.

– Jeste li žena željna osvete? Ako jeste, daću vam priliku. Ne može-te ni zamisliti kakva će to osveta biti.

Ona je iznenađeno ponovila:

– Osveta? Zašto? Pa ja nemam...

Podrugljivo se nasmejao.

– Zar ne želite da se osvetite za sve muke koje ste podneli?

– Oh, ne, osveta je greh!

– Stvarno? Ja nisam tako pun vrlina, pa zbog toga...

Zaustavio se. Lice mu je poprimilo tvrd izraz i senka zlobe prešla je preko njegovog pogleda.

Nastavio je sa ironičnim smeškom:

– Ja ne zaboravljam uvrede. Ne mogu da opraštam.

– Ipak biste to morali.

– Gospođice, nadam se da ćemo se i u tom pogledu sporazumeti, kao što ćemo i u drugima.

Ralf je i dalje držao njenu ruku ogrubelu od rada među svojim finim nervoznim prstima. Zapitao ju je:

– Hoćete li mi dopustiti da vam kao verenički prsten poklonim jedan od onih koje je nosila moja majka?

Ona je, ne razmišljajući, odgovorila:

– Naravno! Biću srećna i počastvovana zbog toga.

– Onda ću vam ga danas posle podne doneti prilikom prve zvanične posete svojoj verenici... Nije potrebno reći gospođi Ridijer i gospođici Bekford da smo se jutros sreli. Hteo bih da one što manje učestvuju u našim dogovorima. Druga je stvar s vašim starateljem... Dakle, do poslepodneva, gospođice!

Naklonio se, poljubio Sereni ruku, pa se udaljio čvrstog koraka, što je, prema mišljenju gospođe Ridijer, odavalo odlučnog čoveka koga nije bilo lako slomiti.

5.

Serena je krenula prema kući. Srce joj je tako snažno lupalo da ju je gušilo. Je li to bilo od radosti? Da, bez sumnje... od sreće pomešane s tihom strepnjom. Njena ruka, koju su dodirnule Ralfove usne, drhtala je čvrsto stežući ručku korpice za jaja. Zbunjena, srećna, a ipak drhteći od straha, Serena je, kao u snu prešla put od crkvice do kuće.

Gospođa Ridijer ju je vratila u stvarnost ljutito joj prigovarajući što je tako dugo nije bilo.

– Danas posle podne nećeš ništa raditi zbog posete gospodina Hotona. Trebalo je zato jutros da požuriš i obaviš sve svoje svakodnevne poslove. Ali ti verovatno misliš kako sada možeš da zapostaviš svoje dužnosti. Naša kuća će zaista divno izgledati za vreme tvoje veridbe!

Serena nije nijednom rečju odgovorila na te nepravedne optužbe. Stara gospođa, koju je taj ponosni mir uzbuđivao više od svega ostalog, rekla je Simon tako glasno da su je i drugi mogli čuti:

– Ta ohola osoba misli da joj je sve dopušteno zato što se onaj čudni Englez zagledao u nju. Ali tvrdim da će ona zažaliti za mirnim životom koji je vodila ovde. Ukoliko se ta veridba ne raskine, što me ne bi čudilo.

Zažaliti za životom kraj te dve žene? Kakav život treba da je čeka pored Ralfa Hotona da bi se to dogodilo?

Ali ipak, te reči su samo povećale njen strah i bacale senku na njenu malu sreću.

Činilo joj se da Ralf Hoton pameću i dobrotom nadmašuje druge. On kao da je bio stvoren da vodi druge i upravlja njima. Već maločas je shvatila da je on sada štiti, ali u isti mah smatra svojim pravom da joj pokaže svoju volju. Reči „ja želim" iz njegovih usta značile su „ja hoću". Ali zbog toga je Serena osećala duboku sreću. Posle lošeg primera gospodina Bekforda ona je znala da ceni mušku odlučnost. Pored toga, bila je usamljena i nesrećna, pa je osećala potrebu za zaštitom i odbranom.

Ali reči gospođe Ridijer budile su njoj strah. *Je li on dobar? Je li sposoban za ljubav? Da ne bude prestrog gospodar?* I sve takva pitanja ređala su se u Sereninoj glavi.

Ništa joj nije potvrđivalo te sumnje. Ralf je do tog trenutka bio prema njoj suzdržan i pristojan. Nije mogla na njegovom licu ili u njegovim rečima da otkrije ni najmanji trag osećanja. Ipak, Serena, koja nije bila romantična, mislila je: *Uvek kad bi me sretao, bila sam sama, pa je zbog toga možda namerno bio hladan prema meni.*

Tešilo ju je to što ju je gospodin Hoton izabrao uprkos njenom siromaštvu, što ga je privukao samo osećaj simpatije, ili možda samilosti prema njenom tužnom životu.

A zatim, ona mu se i sviđala... To joj je rekao gospodin Bekford, dodavši i sâm da je ona vrlo lepa.

Pripremajući se pred malim ogledalom za prvu posetu svog verenika, mlada devojka posmatrala je svoje ljupko lice uokvireno svilenkastom smeđom kosom, svoje baršunaste oči... Sve je to izazivalo radost na njenom licu. No čim se u njoj rodio osećaj ponosa, ona ga je odbacila. Jer ako se ona radovala tome što je lepa, to je bilo zbog tog tajanstvenog prosca, kome bi njeno mlado srce poklonilo svu svoju nežnost, nadajući se da će i ono biti voljeno.

Među svojim skromnim haljinama odabrala je najnoviju. Tkanina je, doduše, već bila pomalo izbledela, a i kroj je bio staromodan, ali Serena ju je ukrasila čipkastim okovratnikom nasleđenim od majke. Naročito je pažljivo sredila kosu. Osetila je odjednom kako je postala pomalo koketna želeći da se svidi onome koji ju je odabrao... A tako je malo pažnje bilo potrebno njenoj lepoti. Kad ju je malo kasnije njen staratelj sreo na stepeništu, uzviknuo je:

– Kako si se lepo obukla, Serena!

Čuvši njegove reči, Simon je izašla na prag svoje sobe da vidi rođaku. Nasmejala se s pogledom punim ljubomorne zlobe:

– Tebe je zaista lako zadovoljiti! Ta stara haljina sigurno će izazvati smeh gospodina Hotona. On se sigurno dobro razume u eleganciju.

Gospodin Bekford je odgovorio:

– Nije važno! Jer Serena je u toj svojoj staroj haljini mnogo zgodnija od mnogih u najskupocenijim toaletama.

Te reči su mu izletele pred ćerkom namazanog lica i u napadnoj haljini. Smesta je zažalio primetivši ćerkin besan pogled, znajući da mu ona to neće oprostiti.

Gospodin Hoton je stigao u četiri sata. Gospođa Ridijer i Simon dočekale su ga najsrdačnije. Kraj tih žena plaha i zbunjena verenica sasvim se izgubila. Ralf joj je stavio na prst prsten s divnim rubinom, poljubivši njene dršćuće prste. Rekao joj je nekoliko ljubaznih reči, na koje ona nije, u svojoj zbunjenosti, mogla da odgovori, već ga je samo pogledala svojim divnim očima punim bojažljive sreće.

Nakon toga su obe žene sasvim zaokupile prosca, iako je on prema njima pokazivao samo duboku nezainteresovanost.

Nije se drugačije ponašao ni narednih dana. Gospođa Ridijer je pobedonosno rekla svom zetu:

– Taj vaš Englez baš i nije jako zaljubljen! Pitam se da li je već zažalio što je napravio tu ludost.

Gospodin Bekford joj je protivrečio:

– Pa oni još ni na trenutak nisu ostali nasamo. Ostavi ih, pa ćeš videti kako će se led otopiti.

Gospođa Ridijer je ogorčeno pogledala svog zeta.

– Prava je sreća, Čarlse, što ja bolje znam šta mi je dužnost. Ti bi, dakle, ostavio nasamo tog stranca sa osamnaestogodišnjom devojkom. Ona je naivna i zaljubljena, pa tom lepom mladiću ne bi bilo teško da joj zavrti pamet. On možda samo glumi tu hladnoću... Jer ko poznaje muškarce!

Patetično je pogledala prema tavanici.

– Ali u Engleskoj...

– Dragi moj, mi nismo u Engleskoj. Ja sam Francuskinja i pokoravam se običajima svoje zemlje. Pored toga, ti si mi poverio svoju rođaku i ja se osećam odgovornom za nju sve do njenog venčanja. Zbog toga ću svoju dužnost, ma koliko mi ona neprilika nanosila, obaviti do kraja.

Gospodin Bekford se nije mogao suzdržati, pa je primetio:

– Trebalo je bar upola tako strogo da odgajate Simon. Onda ne bi danas bila tako nesnosna.

Skoro ga je smlavio pogled pun prezira.

– Prigovaraš mi? Smatraš li da nisam dobro vaspitala svoju unuku? On je promucao:

– Ni govora... Samo sam hteo da kažem... Ona je previše samostalna.

– To nije važno! Takve je naravi. Ali sa Serenom je to drugačije. Ta mala je lažljiva, koketna... uopšte...

Gospodin Bekford ju je prekinuo:

– Nemojte tako da govorite!

– Hoću, dragi moj! Ti ništa o njoj ne znaš, ali ja znam šta se krije pod tim nadmenim licem male pobožne devojčice. Ja joj ništa ne verujem!

Gospodin Bekford se jedva uzdržao da ne slegne ramenima.

Bio je ljut zbog ponašanja svoje tašte i Simon prema Ralfu. Nastavljajući sa svojom taktikom, one su se trudile da bace Serenu u zapećak. Ona je, naime, bila suzdržana i prestrašena u prisustvu svog verenika, kog nikad nije sretala nasamo. Uvek su bile prisutne te žene neprijateljski nastrojene prema njoj. Ralf je pak bio hladan i pun ironije.

Simon se zaklela da će onemogućiti brak svoje rođake, pa se sad trudila svim silama da to postigne, ponašajući se još koketnije prema inženjeru, čak i u Sereninom prisustvu.

Ma koliko nezadovoljan bio zbog toga, gospodin Bekford se nije usudio da se suprotstavi. Potajno se divio odlučnosti Ralfa Hotona, koju niko nije uspeo da slomi i koja se ogledala i u najmanjim sitnicama u vezi s tim brakom.

Propali su i pokušaji gospođe Ridijer, koja je želela da što više produži veridbu. Ali Ralf je odlučno izjavio:

– Venčanje će se održati sledećeg meseca. Datum možete sami odrediti. Nisu potrebne velike pripreme jer će sve biti vrlo jednostavno. Što se tiče opreme, Serena će je nabaviti nakon venčanja. Tada će imati vremena napretek.

Pored toga, on je izjavio da, u skladu sa engleskim običajima, neće svojoj verenici davati nikakav venčani dar. Nakon venčanja predaće joj dragulje svoje majke i sve ono što će odgovarati njenom položaju.

Nakon njegovog odlaska gospođa Ridijer je zaključila da je on sigurno neobično škrt.

– Engleski običaj je dobar izgovor da uštedi novac za poklon. Sigurno govori samom sebi da Serena, zbog toga što je siromašna, mora da bude zadovoljna onim što će joj on pružiti.

Mlada devojka je odgovorila:

– Mislim da je on u pravu. Mi ćemo zauzimati skroman položaj i čemu ti nepotrebni izdaci?

Simon se nacerila:

– Dobro je što nemaš prohteve i što se već unapred pokoravaš svom gospodaru. Ne verujem da će ti baš biti lako s njim.

Serena je pomislila, pri čemu joj se srce stislo: „Možda je ona u pravu!“

Jer ni nakon petnaestak dana veridbe ona nije bolje poznavala Ralfa Hotona. Dok bi on razgovarao u salonu Bekfordovih, ona se uzalud trudila da pronikne u tajnu tih divnih očiju. Sedeo bi kraj nje i razgovarao s njom na najprostiji način.

Prema gospođi Ridijer i njenoj unuci sačuvao je oholu pristojnost, pa su one, svesne neuspeha svojih nastojanja, postale još bešnje.

Uz to su dolazile još neke činjenice koje su doprinosile njihovom očaju.

Ralf kao da nije shvatao njihova nastojanja u vezi s draguljima svoje majke. Verenički prsten ih je uzbudio, pa su želele da vide i ostale dragulje... Pored toga, zanimao ih je i inženjerov stan. Gospođa Ridijer je jednog dana rekla mladom čoveku s najslađim mogućim smeškom:

– Ukoliko sam vam potrebna zbog uređenja vašeg stana, samo mi recite! Sigurno ćete morati tamo nešto da izmenite, da nabavite neke stvari...

– Hvala vam, gospođo! Ipak, ja ću sve srediti uz pomoć svog sluge.

Ona je navaljivala:

– Ipak kod neženje, samo s jednim slugom, sigurno mnogo toga nedostaje. Kuća je verovatno pomalo neuredna.

Zadržavajući podrugljiv podsmeh, Ralf je suvo odgovorio:

– Kristofer je uzoran sluga, a moja kuća je tako savršeno održavana da ni osoba s najvećim zahtevima ne bi mogla ništa prigovoriti.

I tako je gospođa Ridijer još jednom bila pobeđena. Zajedno sa Simon, besnom što Englez nije obraćao pažnju na nju, ona je počela da ga ogovara tvrdeći da je ohol... i napokon, je li iko znao ko je on zapravo? Kad su govorili o njegovoj porodici sa očeve strane, on kao da je izbegavao odgovore. Govorio je kako u Engleskoj ima starog rođaka s kojim je u svađi. Na pitanje gospođe Ridijer da li je taj rođak bogat, on je odgovorio da ima dovoljno sredstava za život. Zatim je počeo da govori o nečem drugom...

Zar čovek nije mogao pomisliti da se tu nešto skriva?

Je li on te dragulje zaista dobio od svoje majke? Ranije je jednom rekao gospodinu Sorbenu kako njegovi roditelji nisu bili bogati. Bilo je zbog toga čudno što je gospodin Hoton posedovao takav dragulj kakav je Serena sad nosila na prstu.

Gospodin Bekford je primetio:

– Verovatno je to porodični nakit.

– A tek taj njegov sluga! Pravi sluga otmene kuće. On je služio oca gospodina Hotona; tako je bar sluga izjavio. Ljudi bez imovine ne mogu da drže takvog slugu...

– Ali gospodin Hoton ga ima!

– Zbog toga baš i razmišljam... Plašim se da taj mladi čovek nije ništa drugo do običan pustolov.

Gospodin Bekford je razrogačio oči.

– Pustolov! Nije on takav čovek! Što se tiče tog sluge, stvar je vrlo jednostavna. Hotonov otac je verovatno bio bogat, pa je kasnije izgubio imovinu. Odani sluga je ipak ostao najpre kraj njega, a kasnije i kraj njegovog sina.

Ali gospođa Ridijer nije htela da napusti svoju ideju, a kako je bila besna na inženjera, proširila ju je među svim svojim poznanicima, pritom tužno uzdišući.

– Ta mala koju sam odgajila... kako bih je mogla dati tom strancu! Moj zet je neopisivo lakomislen! Ali šta mi možemo protiv muške tvrdoglavosti? Oni se svi podržavaju.

Preko volje, osećajući ipak da to ne može da izbegne, ona je Serenu predstavila nekim svojim poznanicima. Pohvale upućene mladoj verenici samo su kod nje i Simon još više pojačale neprijateljska osećanja prema mladoj devojci. Gospođica Bekford je bila još zlovoljnija zbog toga što je Feliks Morel počeo ozbiljno da se bavi crvenokosom udovicom. Zažalila je zbog svog flertovanja, koje je dovelo do tako poražavajućih rezultata: nezainteresovanosti Ralfa Hotona i bega Feliksa Morela bogatijoj ženi.

To je zaista bilo dovoljno da čovek poludi! A gospođica Bekford, pokušavajući da to izbegne, izlivala je svoju srdžbu na Serenu.

Dani veridbe su, dakle, bili neopisivo neprijatni za Serenu. Ponekad je jedva čekala trenutak kada će napustiti tu kuću. Zatim bi strah ponovo nadvladao, pa je želela da što više odloži trenutak kada će otići odatle u pratnji Ralfa Hotona.

Jednog poslepodneva, osam dana pre venčanja, Ralf je, došavši u posetu svojoj verenici, naleteo na skup prijateljica domaćice. Gospođa Ridijer i Simon neljubazno su ga dočekale, što njemu očigledno nije ni najmanje smetalo. Stara gospođa je rekla svojoj unuci:

– Pozvoni Leoni da pođe u vrt po Serenu, verujem da je tamo.

Preko volje, polako ustajući, Simon je rekla:

– Mislim da jeste tamo...

Ralf je smesta primetio:

– Nemojte se deranžirati, gospođice! Poći ću u potragu za gospođicom Dokran.

Izašao je praćen besnim Simoninim pogledom. Ipak, ona se nije usudila da ga prati uprkos nemom nalogu koji joj je pogledom dala gospođa Ridijer. Jer inženjer joj je ipak ulivao strah, pa nije želela „da je pošalje nazad u kuću", kako je kasnije izjavila svojoj baki opravdavajući svoje ponašanje.

Serena je radila u vrtu. Trudila se da što pre sašije haljinu, jer joj njena novčana sredstva nisu dopuštala da unajmi krojačicu. Od svog staratelja ipak nije želela da prihvati ništa osim venčanice. Što se pak tiče troškova venčanja, gospodin Hoton je izjavio kako će on sve snositi, što za škrticu, kojom ga je proglasila gospođa Ridijer, i nije bilo tako loše.

Njeno bledo lice oblilo je rumenilo kad je primetila Ralfa. Mladić se naklonio, prihvatio ruku svoje verenice i poljubio je.

– Došao sam u vašu osamu, gospođice! Uspeo sam da pobegnem vašim čuvarima...

Nasmešio se pogledavši zadivljeno Serenu.

Ona se takođe nasmešila, diskretno i šarmantno.

– Trebalo je da mi jave da ste došli. Pobegla sam ovamo kako bih u miru...

– To ste dobro uradili. Ostanimo malo ovde, hoćete li? Zatim ćemo se vratiti onom skupu koji čini sve kako bi uništio dobar glas svojih bližnjih.

Serena se blago nasmešila.

– Kakvo vi to mišljenje imate o njima! Šta bi bilo kad bi vas one čule?

– Tim bolje! Šta radite tako marljivo?

Seo je kraj nje i uhvatio laganu ljubičastu svilu među prste.

– Dovršavam ovu haljinu.

– Za sebe?

– Da!

– Sviđa mi se ova boja... Imate dobar ukus... Uostalom, to je urođen dar, jer ga sigurno niste stekli kraj ovih gospođa.

Podrugljivo se nasmejao.

Serena nije mogla da suspregne smeh, pa je šapnula:

– Nemojte!

Svetlo je prodiralo kroz lišće i toplo obasjavalo njenu smeđu kosu i tamnoputo lice. Mladić je zadrhtao i spustio pogled.

– Vi sigurno volite haljine. Voleli biste da se oblačite poput drugih dama? Da se kitite draguljima i budete elegantni?

Serena se ponovo nasmešila.

– Ne kažem da to ne bih volela... Ipak, uveravam vas, živela sam vrlo srećno i bez toga.

– Mladi ste, još ne poznajete život. Sigurno nakon nekog vremena nećete tako govoriti.

– Nadam se da hoću, jer bih inače postala vrlo lakomislena.

– U svakom slučaju, to biste delili s većinom žena.

Serenu je iznenadio njegov podrugljiv ton. Ralf je primetio to iznenađenje u njenom čistom i iskrenom pogledu. Na njegovim usnama se pokazao lagan sarkastičan podsmeh. Nagnuvši se prema Sereni, mladi čovek je dohvatio njenu malu ruku s vereničkim prstenom i kazao sa onom istom ironijom:

– Mislim da skoro sve žene... skoro sve, ali ne kažem sve... ne mogu odoleti luksuzu, elegantnom životu i visokom položaju. Između ljubavi bez novca i novca bez ljubavi, one bi uvek odabrale ovo drugo rešenje.

Serena je počela oštro da se buni.

– O, ne, ne!

Zatim je rumenilo na njenom licu postalo još snažnije, a trepavice su zastrle oči u kojima su se nežnost i ljubav koje je sakrivalo njeno srce otkrile pred Ralfom.

Izraz lica mladog čoveka iznenada se promenio. Odavao je duboko uzbuđenje. Nekoliko trenutaka su njegove usne drhtale, zatim mu se na čelu pojavila duboka bora i on se naterao da odgovori radosno:

– Vi ne znate šta je život. Ja to ponavljam. Kasnije ćete shvatiti da sam govorio istinu. Verujte mi! Treba život koristiti razumno i ne zahtevati previše od njega.

Zatim je promenio temu razgovora zapitkujući Serenu o poslovima koje je završila i o njenom ukusu u pogledu književnosti. Bio je zadovoljan shvativši koliko je obrazovana.

Mlada verenica se osećala sve nelagodnije zbog Ralfove toliko skeptične izjave. Ona ga je volela bez ikakvih primisli i ne bi oklevala ni trenutak ako bi morala da odabere između njega i sveg blaga sveta. On će to shvatiti kad bude bila duže kraj njega, kad je bolje upozna.

Sva uzdrhtala u svojoj prestrašenoj sreći, Serena se predala šarmu Ralfa Hotona zaboravljajući u tom trenutku gospođu Ridijer, Simon...

Ova poslednja se iznenada pojavila.

– Baka pita šta se dogodilo s vama!

Ralf je odgovorio sa svojim uobičajenim mirom:

– Kao što vidite, razgovaramo. Možete, dakle, umiriti gospođu Ridijer, gospođice!

Simon je sva pocrvenela od besa. Ralf je umeo u razgovoru s ljudima koji mu nisu bili dragi da koristi oštru ironiju i pogodi protivnika u najbolnije mesto. Gospođa Ridijer i njena unuka bile su često njegove žrtve. Isprva su one govorile da on nikad nije zadovoljniji nego kad na taj način govori s ljudima. Ali poslednjih dana, zbog sve hladnijeg i oholijeg ponašanja mladog inženjera prema njima, nazivale su ga „nesnosnom osobom" i njegove svakodnevne posete predstavljale su teško iskušenje za njih.

Simon je počela da prigovara:

– U salonu više nema nikoga, a čaj se već ohladio.

– Pa dobro! Moći ćemo i bez njega, zar ne, gospođice Serena? Vi ionako niste navikli na čaj.

– Zaista nisam.

Simon se nasmejala, što je zvučalo kao kokodakanje:

– Ali vi jeste! Pa Englez ne može bez čaja.

– Uveravam vas da može. Naročito kad je zaokupljen drugim prijatnim dužnostima.

Simon je skupila usne i uputila ljubomoran pogled svojoj rođaki, koja je počela da pakuje svoj ručni rad.

Te večeri, nakon odlaska njenog verenika, koga je gospodin Bekford zadržao na večeri, gospođa Ridijer je održala Sereni bukvicu. Kako se usudila da ostane toliko dugo u vrtu s gospodinom Hotonom? Sve one gospođe bile su iznenađene zbog toga – i ona je nekoliko puta nameravala da ustane i pođe po nju. To je bilo smešno i nepristojno. Ali šta se drugo i moglo očekivati od tako glupe male devojčice?

Serena se trudila da zadrži mir, ali ipak je pocrvenela zbog tako nepravedne optužbe, podržane cerekanjem Simon i Estaša.

Gospodin Bekford je ovog puta ustao u njenu odbranu. Je li Ralfovo društvo tako delovalo na njega? U svakom slučaju, on je govorio odlučno, suprotstavljajući se mišljenju svoje vrlo iznenađene tašte.

Govorio je odlučnim glasom, kojim se često služe slabići kad žele da dokažu svoju postojanost.

– Sve je to preterano. Serena i njen verenik moraju ponekad i malo intimnije da razgovaraju. Pa za nekoliko dana će se venčati.

Gospođa Ridijer je prasnula:

– Pa neka razgovaraju! Neka razgovaraju koliko žele! Mislite li da mi je milo da izigravam čuvara toj glupoj devojčici i onom nadmenom Hotonu? Radila sam to jer sam to smatrala svojom dužnošću. Od sada perem ruke i neću se više brinuti ni za šta!

Ona se uvređeno digla i izašla iz sobe u pratnji Simon.

Estaš je promrmljao:

– Kada će se napokon obaviti to venčanje? Taj Englez mi je neizmerno dosadan!

Gospodin Bekford, koji je očigledno nameravao da tog dana bude odlučan, suvo je rekao:

– Poštedi nas svojih primedbi! Tebe se ovo ne tiče.

Estaš je bezobrazno slegnuo ramenima zavalivši se u naslonjaču. Zadubio se u čitanje novina, što je predstavljalo i najveću zabavu za gospođu Ridijer i Simon.

Taj događaj je samo još produbio neprijateljska osećanja dveju žena prema Sereni. One su sada bile vrlo neprijatne i prema Ralfu, pa se nisu bavile ničim u vezi sa svadbom.

Inženjer je očigledno bio zadovoljan zbog toga. On nije želeo ništa drugo do da se reši tih nesnosnih osoba. To nije skrivao ni pred Serenom. Rekao je to jednog poslepodneva kad su ponovo razgovarali, ovog puta u salonu.

Nije bio mnogo pričljiviji ni srdačniji no što je inače bio u prisustvu svedoka. Ipak je zahtevao od Serene da mu priča o svom životu, pokazujući saosećanje zbog svih teškoća koje je proživljavala.

– Nadam se da ćete uskoro zaboraviti te teške dane – rekao je poljubivši joj ruku.

Serena je potajno želela da vidi više osećanja u tim očima koje su je zarobile... Ponekad joj se činilo kao da Ralf ima strastvenu dušu, ali da je prema njoj tako hladan samo da bi joj mogao nametnuti svoju volju. Ponekad bi pak primetila kako je njegovo lice iznenada postalo tvrdo i obuzimao bi je strah što je zastirao sreću njene plahe ljubavi.

I tako su u sreći i nemiru prolazili poslednji dani njihove veridbe. Svanulo je jutro venčanja obasjano blagim suncem.

Ceremonija je bila sasvim jednostavna. Gospođa Ridijer je poslala samo nekoliko pozivnica. Ralf nije imao rodbinu. Stigao je samo njegov prijatelj Vilijam Leni. On mu je bio i svedok.

Mala crkva bila je puna znatiželjnih seljaka. Divili su se mladom paru. Feliks Morel, koga su pozvali da bi se divio novoj Simoninoj toaleti, izrazio je mišljenje svih:

– Ta mala je prelepa. Englez ima dobar ukus. Lepa Simon ne dolazi do izražaja kraj nje.

Gospođa Ridijer nije smatrala potrebnim svečaniji ručak nego obično. Mislila je da se na taj način osveti svom zetu i Sereni i u isto vreme da pokaže Ralfu kako joj je malo stalo do njega i njegovog prijatelja. Ipak je ona bila ta koja se osećala nelagodno.

Leoni je pokvarila sva jela jer joj Serena tog dana nije pomagala. Zvanice, nakon što su pokušale da progutaju sirovo meso, tvrdo povrće i neuspeli sos, ostavile su sve u tanjiru. Posuđe, upotrebljavano svakog dana, izgledalo je otrcano, a Simon se postidela gledajući oguljeni nož i viljušku u rukama ser Vilijama.

Taj mladi čovek, prijatnog i otmenog izgleda, morao je nesumnjivo biti bogat, sudeći po automobilu kojim se dovezao iz Pariza i divnom poklonu koji dao mladom paru. Ralf je rekao da mu je on najbolji prijatelj iz detinjstva. Nije tome dodao nikakve pojedinosti. Za vreme ručka, sedeći kraj njega, Simon je pokušavala da sazna nešto više o inženjeru i njegovoj porodici. Međutim, ser Vilijam je vrlo spretno skrenuo razgovor na drugu temu. Počeo je da priča o lepom vremenu, o Parizu, gde svakog proleća provodi mesec-dva sa svojom ženom... Na veliko Simonino razočaranje, bio je oženjen.

Nakon ručka se Serena popela u svoju sobicu u potkrovlju kako bi svukla venčanicu. Od jutra je zadržavala suze. Njena žalosna sudbina nikad joj nije izgledala tako teško kao danas. Ni Simon ni gospođa Ridijer nisu obraćale nikakvu pažnju na nju. Leoni joj je pomogla da se obuče. Gospođa Ridijer je čak odbila da pozove Emilijen iz samostana na venčanje pod izgovorom kako ne želi da ometa devojčicu, ionako zaostalu u učenju. Ali Serena je sasvim dobro shvatila šta skriva to njeno ponašanje: *Zaista se nije isplatilo preduzeti takav napor zbog toga!*

Srce joj je bilo prepuno tuge. Ipak, morala je još malo da se suzdrži. Ralf ju je čekao kako bi je poveo u svoju kuću... Grozničavim pokretima obukla je svoju ljubičastu haljinu od jeftinog krepa koju je sama sašila. Na glavu je stavila slameni šeširić ukrašen ljupkom trakom. Kad je bila gotova, pogledala je poslednji put svoju sobicu, opremljenu odbačenim nameštajem. Leti je u sobici bilo kao u peći, a zimi kao u frižideru. Ona je ovde patila telesno i duševno. Šta joj je budućnost spremala?

Pogledala je belu haljinu položenu preko uskog kreveta. Bila je sasvim jednostavna, lišena svakog skupocenog ukrasa. Ali Ralfov pogled uverio ju je da je ona ipak doprinela njenoj lepoti.

Ralf! Budućnost... Tajnovitost...

Mlada žena je zadrhtala. Noge su počele da joj klecaju na pragu njenog novog života.

Ralf ju je čekao u prizemlju, u malenoj radnoj sobi gospodina Bekforda. I on je obukao svakodnevno odelo, koje mu je doneo sluga.

Mladi ljudi su napustili kuću Bekfordovih i krenuli prema paviljonu u kome je Ralf stanovao.

Do njih je dopro šum automobilskog motora. Ralf se nasmešio:

– Vilijam odlazi. Dosta mu je gospođe Ridijer, gospođice Bekford i tvog sirotog rođaka. Malopre, kad sam se opraštao od njega, rekao je: „Kako je ljupka gospođica Dokran mogla da živi uz te dve ohole i glupe žene? Žalim je od sveg srca!"

Serenino lice je oblilo rumenilo. Ralf se ironično nasmejao, ali bez topline, što je njegovom licu davalo još veću zavodljivost.

– Onda je Vilijam dodao kako se nada da će te zauzvrat čekati sreća u budućnosti.

Pružio je ruku, uhvatio Sereninu i gurnuo je pod svoju.

– Učiniću sve da te usrećim, Serena!

Ona ga je pogledala očima punim nežnosti i rekla:

– Verujem ti! Imam poverenja u tebe!

On je nekoliko trenutaka posmatrao mladu ženu pogledom punim osećanja. Bila je tako lepa i otmena u svojoj svetloj haljini, koja joj je tako izvanredno stajala. Zatim je Ralf odgovorio s malo podrugljivim smeškom:

– Ti me se pomalo plašiš, zar ne? Uostalom, to je sasvim prirodno. Ne poznaješ me dobro. Ali uveravam te, ja nisam Plavobradi. Moja jedina želja jeste da ti život bude što prijatniji.

Serena je porumenela:

– Hvala ti... Tako si dobar!

Ali njeno srce se steglo u očekivanju nežnijih reči od tog hladnog uveravanja u srećnu budućnost.

Paviljon je bio lepa zgrada od opeke, na pet minuta od fabrike *Sorben*. Pred njim se prostirao vrt pun ruža. Na Ralfov poziv, sluga se pojavio u uskom predvorju.

– Je li čaj spreman, Kristofere?

– Da, gospodine!

Serena je pomalo prestrašeno pogledala otmenog slugu. Hoće li se usuditi da mu daje naređenja? Razlika je bila prevelika između Leoni i tog dostojanstvenog čoveka.

Trpezarija i Ralfova radna soba bile su nameštene vrlo jednostavnim nameštajem. Ali Kristofer je poslužio čaj na predivnom lakiranom poslužavniku ukrašenom starinskom čipkom. Verovatno su to bili ostaci nekadašnjeg bogatstva, jednako kao i srebrni čajnik, divno izrađene kašičice i šoljice od starog kineskog porcelana...

Nakon toga je Ralf odveo Serenu u sobu s presvlakama od izbeljenog kretona. I tu je sve odavalo veliku jednostavnost, osim predivnog raspeća od slonove kosti, obešenog iznad kreveta naspram portreta neke žene u raskošnom ramu.

Ralf je pokazao na sliku.

– To je moja majka.

Ona je dugo posmatrala lepo hladno lice s ponosnim očima. Tada je šapnula:

– Kako ličiš na nju!

– To su mi uvek govorili. Mislim da sam joj nalik i duhom. Mnogo smo se voleli i njena smrt je za mene predstavljala veliki bol.

U njegovim rečima se osećalo lagano uzbuđenje.

Serena je plaho odgovorila:

– Kako bih je rado upoznala!

Ralf se nasmejao gledajući je još nežnije.

– Siguran sam da bi joj se svidela. Ona bi za tebe bila prava majka. Strahovito mi je nedostajala u jednom teškom času mog života...

Zaustavio se, a izraz gorčine pojavio mu se oko usana. Oči su mu odavale duboku patnju.

Zatim se ponovo pojavio onaj njegov ironičan pogled i on je nastavio:

– Verujem da bi ona bez ustručavanja pristala na moj izbor. Ti, Serena, imaš sve odlike koje je ona tražila od mlade devojke. Moja majka je bila vrlo časna žena i ja ne bih želeo ništa dugo nego da ti slediš njen primer.

Serena je spontano izjavila:

– Pokušaću to da uradim. Nadam se da ćeš mi u tome pomoći savetima... jer ja sam još tako mlada...

Pogledala je toplo Ralfa. On je zadrhtao. Oči su mu postale tamnije, kao da je osetio veliko uzbuđenje, i zagrlio je ramena mlade žene...

– Uvek ćeš kod mene naći pomoć i savet ako ti to bude potrebno. Još jednom ti ponavljam, moja jedina želja je da te usrećim...

Poljubio je Serenu u čelo. Zatim je spustio ruku i njegov pogled se zamračio. Rekao je mirno:

– A sada se odmori. Nemoj se danas umarati spremanjem. Imaćeš za to vremena sutra i narednih dana.

Kad je izašao, Serena je sela u naslonjaču kod prozora. Posmatrala je prirodu koja se pružala pred njom: livade, voćnjake i drveće obavijeno sunčanim zracima. U duši je još osećala mešavinu sreće i

uznemirenosti. Ta dva osećanja nisu je napuštala otkad je upozna-
la Ralfa Hotona. Pritisla je drhtavu ruku na čelo, na ono mesto koje
je Ralf Hoton poljubio. Taj prvi dokaz nežnih osećanja duboko ju je
uzbudio i ona je počela da sanjari o tome da je on voli i da će ona biti
srećna onako kako je on obećao.

6.

Petnaest dana nakon svog venčanja gospodin i gospođa Hoton pošli su u posetu gospođi Sorben, a zatim svešteniku i gospođi Ridijer.

Na svoju potajnu radost, nisu je našli kod kuće. Ona je boravila u Ešanvilu zajedno sa Simon. Gospodina Bekforda mladi supružnici posetili su u njegovoj kancelariji u fabrici.

Tog dana, za vreme večere, on je izjavio da mu se Serena učinila još lepšom nego ranije, jer je očigledno zadovoljna svojom novom porodicom.

Gospođa Ridijer je slegla ramenima.

– Baš se ti razumeš u to, siroti moj prijatelju! Ta mala neće valjda pred svojim mužem pokazivati neprijateljstvo.

– Pa zašto bi bila nezadovoljna?

– Jer nemam dobro mišljenje o tom čoveku. Ti si pogrešio što si tako lakomisleno pristao na taj brak. Ali on te je očarao svojim izgledom i ponašanjem. U prvom redu drskošću s kojom posmatra ljude...

– Drskošću?!

– Da, tako je! Ti to, naravno, ne osećaš! Diviš mu se jer izigrava otmenog gospodina. S beskrajnim strpljenjem smo ga trpeli za vreme veridbe. Nadam se da se sada neće više ovde pojavljivati.

Te njene želje su se i ispunile. Ralf je rekao svojoj ženi:

– Iz pristojnosti ćemo jednom posetiti gospođu Ridijer. Međutim, to će ujedno biti i poslednji put. Onog dana kad nam ona uzvrati posetu s gospođicom Bekford, Kristofer će im reći da nisi kod kuće. Ne želim da te bezobraznice prodru u našu kuću.

Serena se, što se toga tiče, sasvim slagala sa svojim suprugom. Njena osećajna priroda previše je patila zbog tih žena, pa nije želela i dalje da održava vezu s njima. Pored toga, osećala je da je Simon zaljubljena u Ralfa, pa će se zbog ljubomore truditi da unese razdor među njih.

Za sve druge osim nje, koja nikad nije bila razmažena, ovaj život bi se činio dosadnim i monotonim. Ralf, naime, veći deo dana nije bio kod kuće. Pored toga, mladi inženjer nije imao drugih poznanstava osim Sorbenovih, kod kojih je jednom nedeljno večerao sa Serenom. Kristofer je obavljao sve poslove u kući. Ralf je Sereni zabranio da bilo šta radi. I tako je ona ostajala sasvim sama kad njen muž nije bio kod kuće. Izrađivala je svoju opremu, i to samo ono najpotrebnije, jer joj je Ralf, kad ju je odveo u kupovinu u Ešanvil, rekao:

– Kupi samo najpotrebnije. Nije potrebno bilo šta unapred nabavljati. Videćemo hoće li nam kasnije prilike dopustiti da nabavimo i nešto više.

Sereni je štednja bila sasvim prirodna. Naročito s obzirom na troškove koje je Ralf imao za svadbu. Njemu je bilo stalo do toga da njegovoj mladoj ženi ništa ne nedostaje i da ona vodi računa o tome da Kristofer pravi jednostavne ali ukusne obroke. Taj uzorni sluga posluživao ih je na najotmeniji način.

Svakog dana nakon povratka iz fabrike Ralf je vodio svoju mladu ženu u šetnju. Obično bi razgovarali na engleskom jer ga je Serena naučila u samostanu. Ali još ga nije pričala sasvim tečno. Činilo se kao da mu je mnogo stalo da joj taj jezik postane jednako blizak kao francuski. Uveče bi joj čitao i objašnjavao dela pisaca iz svoje domovine. Serena je s nestrpljenjem očekivala te trenutke. Njena živahna pamet uživala je u tim razgovorima s duhovno nadmoćnim suprugom, što je, uostalom, bilo i sasvim razumljivo zbog njenog neiskustva. I svakog dana je sve više volela tog zagonetnog Ralfa, iako je često bio hladan i nezainteresovan. Ponekad bi je, ipak, pogledao tako toplo da bi njeno srce zadrhtalo. Sereni se ponekad činilo kao da je on silom želeo da priguši svoja osećanja, što je ona pripisivala njegovom muškom ponosu.

To je bilo objašnjenje koje je Serena davala samoj sebi. Zaista se činilo kao da je ponos najveći Ralfov nedostatak... Ipak, mlada žena zasad još nije trpela zbog toga. Prema njoj je bio dobar, brinuo se za njeno zdravlje i očigledno je želeo da joj pruži sve što su dopuštala njihova skromna sredstva. Ona ga je radosno slušala. Njegova volja sve do sada nije došla u sukob sa Sereninom savešću.

Međutim, jednako kao i za vreme veridbe, on nije mnogo govorio o svojoj porodici. Samo bi ponekad spominjao svoju majku. Činilo se kao da nikoga nije voleo kao nju. Serena je saznala da je ona umrla u Engleskoj pre šest godina, i to kod onog starog rođaka o kome je Ralf već jednom govorio.

– Nemaš druge rođake?

– Imao sam starijeg daljeg brata, ali umro je pre nekoliko meseci.

– Dakle, i ti si zapravo bez porodice kao i ja.

– Baš i nije sasvim tako. Jer, pored tog starog rođaka koji me je nekad voleo i od koga sam se otuđio nakon jedne svađe, imam još daljih rođaka. Zapravo, dve starije sestre, od kojih mi jedna ponekad piše.

Serena je zaista jednog dana među poštom primetila pismo iz Engleske adresirano ženskim rukopisom. Ralf je nekoliko dana kasnije pokazao Sereni fotografiju i rekao da je to njegova rođaka Sabina. To je bila žena četrdesetih godina, izrazitih crta lica i tužnih sanjarskih očiju. Sereni je ona odmah bila simpatična i to je rekla svom suprugu.

– Da, to je dobra žena. Vrlo mi je odana. Na nesreću, ogluvela je nakon što se strašno uplašila pre nekoliko godina. Od tada joj je i pamet malo pomućena. Neznatno, jer su njena pisma vrlo razumna.

– Imaš li fotografiju njene sestre?

– Nemam. Ona mi nije draga... Evo, to je portret mog starog rođaka... Zatim slika Emila Odlija, brata o kom sam ti govorio.

Prva fotografija je predstavljala čoveka u zrelim godinama, vrlo odlučnog i plemenitog izraza lica, a druga mlađeg čoveka istaknute vilice, neinteligentnog i okrutnog pogleda.

Serena je, razmišljajući mnogo, rekla:

– Oh, taj mi se ne sviđa!

Ralf se podrugljivo nasmejao.

– Zaista? Šta bi bilo kad bi morala da izabereš između mene i njega?

Žestoko se buneći, ona je uzviknula:

– Kako to možeš i da pitaš, Ralfe?

– Sasvim prirodno pitanje, draga moja!

Naime, izbor je već jednom bio donet u korist Emila.

– To nije moguće!

Ponovo onaj isti ironični osmeh.

– To je vrlo laskavo za mene. Ali ipak se našla žena koja je mom bratu Emilu dala prednost. On je, naime, bio naslednik sjajne titule i velikog bogatstva... I mnogi ljudi su smatrali da je ona u pravu. U to sam siguran.

– Ja ne bih bila među njima! Ukoliko ga je ona možda volela...

– Ne, nije ga volela. Emil nije, ni telesno ni duhovno, bio čovek koga je neko mogao voleti.

– Vrlo je ružno od nje ako se udala samo zbog njegovog bogatstva.

Ralf je iskrivio usne u ironičan osmeh.

– Nije ona jedina! Shvatićeš to jednog dana, Serena! Videćeš da je materijalni interes veliki pokretač ljudskih dela. Da je on uzrok izdaje, laži i najvećih gadosti. Videćeš kako ljudi padaju na kolena pred onima koji poseduju vlast i novac.

Slegnuo je ramenima, bacio slike u fioku i nastavio svojim uobičajenim glasom:

– A sada, draga moja Serena, čitaćemo Šekspira, zar ne?

Te večeri je Serena vrlo rastreseno slušala ono što joj je Ralf čitao. Mislila je na onu ženu koja je imala da odabere između Ralfa Hotona i Emila Odlija... Je li ona bila Engleskinja? Je li bila lepa? Nije se usudila da to pita Ralfa. Instinktivno je osećala kako mu taj razgovor ne bi bio prijatan. Ali govorila je sebi pomalo plašljivo: *Možda ju je on voleo? Zaprosio ju je, a ona je odabrala drugog. Sad shvatam zašto on ne veruje u iskrena osećanja! Kako bih želela da mi on veruje, da shvati kako mogu postojati iskrena, nekoristoljubiva osećanja.*

Serena se nije usudila da pred Ralfom pokazuje osećanja koja su joj ispunjavala srce. Ona je, naime, bila jedna od onih ljudi koji se zatvaraju u sebe kad im ljubav nije uzvraćena.

A ipak, ponekad... ili je to bila samo iluzija... ponekad se činilo kao da je Ralfova hladnoća samo maska, da se u duši tog čoveka odigrava žestoka bitka.

Da, iluzija... On je uvek ostao gospodar samog sebe, čak i nakon tih retkih osećanja, nakon kojih je bio još hladniji i zatvoreniji.

Ipak, uprkos svim tim sumnjama i bojaznima, mlada žena bila je srećna.

Ona je to iskreno mogla reći gospodinu Bekfordu kad ju je posetio jednog poslepodneva.

On je počeo da trlja ruke izjavivši:

– Odlično! Moja tašta neprekidno ponavlja kako sam te unesrećio ovim brakom... Uostalom, mala moja, znaš li da su ona i Simon besne što ih niste primili kad su vam došle u posetu? Tvrde da si bila kod kuće...

Videvši da je Serena pocrvenela, on ju je lupnuo po ramenu i nasmejao se:

– Dakle, to je istina! Ipak, ja im to neću reći, ne boj se! Sada ti užasno zameraju što nisi ponovila svoju posetu.

Serena je zbunjeno odgovorila:

– Ralf ne želi da posetim gospođu Ridijer jer je on ne podnosi...

– Da, da, shvatam! Ne obraćaj pažnju na nju! Već će jednom ućutati.

Ralf, koji je upravo tada ušao u sobu, pozvao je gospodina Bekforda da dođe sutradan na večeru. To je izazvalo priličnu buku kad je rekao svojima kod kuće! Uvređena gospođa Ridijer je izjavila:

– Mislila sam da taj čovek bar zna da se ponaša! Ali ne zna čak ni to! Zar ne shvataš kako je bezobrazno pozvati samo tebe, a ne i nas? Kao da mi ne postojimo.

Simon, koja je tog dana bila naročito besna jer je saznala za veridbu Feliksa Morela i crvenokose udovice, uzviknula je:

– Taj bedni inženjer misli da mu je sve dozvoljeno! Ljubazno smo ga prihvatili, a on nam zahvaljuje takvom drskošću! Nadam se, oče, da si odbio poziv?

Gospodin Bekford je promucao:

– Ne... to bi bilo teško... Serena je navaljivala...

Gospođa Ridijer se prezrivo nasmejala.

– Dragi moj, ti zaista ne znaš šta je to ponos! Bilo kako bilo, tebi se taj stranac i dalje sviđa. A kakvu korist imaš od toga? Mi ćemo znati kako da se ponašamo kad slučajno sretnemo njega ili onu malu glupaču Serenu.

Nekoliko dana kasnije, prolazeći kraj paviljona, gospođa Ridijer je opazila Ralfa i Serenu kako sede kraj ružinog grma. Vrlo glasno je primetila nešto neprijatno, što su njih dvoje, naravno, čuli.

Serena je pocrvenela, a Ralf je, sa sarkastičnim smeškom, šapnuo:

– Kad pomislim da bi ta bića jednog dana moga puzati pred nama!

Serena ga je iznenađeno pogledala. On se ponovo nasmejao i pomilovao je po kosi.

– Ti ne bi uživala u tome jer ne znaš šta je osveta... Možda bi ti ipak volela da budeš bogata, vrlo bogata, i da zauzimaš visok položaj uprkos onome što si mi jednom rekla?

– Ne, ja sam i ovako vrlo srećna. Veruj mi!

– Zaista? Ti ništa drugo ne želiš?

– Ništa... osim što bih volela da ti budeš srećan.

– Ali ti si me već usrećila, draga moja Serena... Budi uverena u to.

Njegove reči delovale su vrlo neprijatno na Serenu, jer nije primetila kako je toplo gledaju njegove oči.

Ona je spustila glavu i nastavila da veze.

Nakon nekoliko trenutaka tišine Ralf je dodao:

– I dalje tvrdim da bi ti se otmen život, okružen luksuzom, svideo.

Ne podigavši glavu, ona je odgovorila:

– Moguće. Ali ja u tome ne vidim sreću...

– Šta ti znaš o sreći? U tom pogledu si sasvim neiskusna, draga moja!

– Onda bih želela da tako i ostane.

– Kakve glupe želje! Uostalom, i ne treba razgovarati o željama... A sada te ostavljam jer moram da požurim u fabriku. Vratiću se kasnije.

Molim te, obavesti Kristofera o večeri... I ne radi previše! Tvoji lepi prsti imaju pravo na odmor nakon onoliko muke.

On se sagnuo, uzeo ruku mlade žene i poljubio je. Zatim se udaljio alejom oivičenom ružama iz Bengala.

Serena je nastavila svoj rad. Razmišljala je o svom suprugu Ralfu, koga je toliko volela iako ga nije sasvim upoznala. Ponovo je osetila njegovo nepoverenje prema ženama. Nakon onoga što joj je ispričao o bratu Emilu ona je sada i shvatala zbog čega je tako. Očigledno je bio povređen i lišen svih iluzija... On je sada, u svom povređenom ponosu, preterao misleći o svim ženama na isti način.

Ipak je morao da shvati da je ona iskrena... Zašto on veruje da ona želi druge stvari, da je u dubini duše lakomislena, željna bogatstva? Onakva kakve su bile druge koje je on poznavao. Kao ona koja je odabrala bogatstvo Emila Odlija.

Odmahnula je glavom i nasmešila se. Zaista joj se činilo da on zapravo ne misli ono što govori.

Oko sedam sati mlada žena napustila je vrt.

Ušla je u predvorje, iz kojeg je upravo izlazio Kristofer s telegramom u ruci.

– Ovo je stiglo za gospodina. Odneću mu ga.

I sluga je otišao.

Penjući se stepenicama, Serena se pitala: *Jesu li to neke loše vesti? Možda iz Engleske? Jedna od njegovih rođaka ili njegov stari rođak?*

Počela je da čisti i sređuje svoju sobu. Radila je sve dok nije čula Ralfove korake po baštenskoj stazi.

Tada je izašla i krenula stepeništem.

Tamo je zastala na prvom stepeniku začuvši kako Ralf govori:

– Pripremićete mi kovčeg, Kristofere, sa svim potrebnim za ceremoniju. Čim otputujemo, spremićete stvari koje želim da sačuvam i poslaćete ih železnicom. Ključ ćete predati gospodinu Sorbenu, a zatim ćete nam se pridružiti u dvorcu Lenbaro.

– Da, milorde!

– Ako vas neki znatiželjnici počnu napadati pitanjima, pristojno ih se rešite.

– Možete imati poverenja u mene.

Ralf je krenuo prema stepeništu. Serena se povukla u sobu. Govorila je sama sebi: *Nisam dobro razumela! Šta sve to znači?*

Kad je Ralf ušao, ona je stajala kraj prozora gledajući ga iznenađeno i preplašeno. On joj je prišao bacivši u prolazu telegram na sto.

– Obavestili su me o smrti mog starog rođaka, lorda Felborna. Kako sam ja njegov jedini muški rođak i naslednik, moram krenuti tamo. Naravno, ti ćeš me pratiti.

Ona je ponovila, očiju raširenih od iznenađenja:

– Ti si naslednik?

– Tako je! Ja sam sada lord Felborn, engleski plemić i naslednik jednog od najvećih imanja u Velikoj Britaniji.

Glas mu je bio miran, ali da njegova mlada žena nije bila toliko iznenađena, primetila bi u njegovim očima odsjaj trijumfa.

Serena je promrmljala:

– Lord Felborn!

Na Ralfovim usnama pojavio se smešak.

– Priredio sam ti lepo iznenađenje, zar ne?

– Kad si se oženio mnome, znao si?

– Da ću naslediti lorda Felborna? Naravno, jer je Emil Odli, njegov najbliži rođak, umro. Tako je imovina morala pripasti meni. Moj rođak, zaboravivši našu svađu, ostavio mi je svu svoju imovinu, a ne samo onu porodičnu.

Serena je morala da pita:

– Zašto si to krio od mene?

– Zato što sam želeo da te jednog dana iznenadim. Pored toga, milije mi je što si se udala za Ralfa Hotona, koji je zarađivao svoj hleb radeći, nego da si se udala za naslednika lorda Felborna.

Na trenutak je razmišljao nabranih obrva. Serena ga je posmatrala duboko dirnuta, misleći: *Zbog toga se on, dakle, tako otmeno ponašao? On potiče iz otmene porodice i nije bio predodređen za posao koji je ovde radio.*

Ralf je odlučno nastavio:

– Otputovaćemo sutra vozom. Ponesi u malom kovčegu ono najpotrebnije. Kristofer će nam sve ostalo poslati. U dvorcu Lenbaro vrlo brzo će ti sašiti sve što će ti biti potrebno za sahranu. Mislim, svu crninu.

– Zar se više nećemo vraćati ovamo?

– Ja možda i hoću, ukoliko gospodin Sorben, koga sam malopre obavestio, ne nađe odmah zamenu za mene. Ne bih hteo da dovedem u nepriliku čoveka koji mi je učinio samo dobro. Ali već ima nekoga u vidu, bar mi je tako rekao.

– A mi ćemo živeti u Engleskoj?

– Hoćemo, deo godine... Zar ti nije drago zbog toga?

Ona je živahno odgovorila:

– Nije mi važno gde sam dok sam s tobom. Ali... – zaustavila je usred rečenice, oklevajući i gledajući nežno muža svojim predivnim očima.

Stavivši ruku na njeno rame, Ralf se nagnuo prema njoj.

– Šta je?

– Trebalo bi da grofica Felborn bude otmena dama... a ja... neću znati...

– Ne brini! Tvoja majka je bila iz jednako otmene porodice kao što sam ja. Pored toga, ti si sposobna da odigraš tu ulogu. Ne budi zabrinuta zbog toga... Sada ćemo večerati, a zatim ćeš sve pripremiti kao što sam ti rekao.

– Hoću li stići da posetim rođaka Bekforda pre našeg odlaska?

– Ne, voz rano polazi. Napiši mu pismo. Kristofer će mu ga sutra odneti.

– Mogu li da mu kažem šta se dogodilo?

– Naravno! Ne nameravam to da krijem.

Serena je šapnula, ne mogavši da savlada smešak:

– Volela bih da znam šta će reći gospođa Ridijer i Simon.

Ralf se podrugljivo nasmejao.

– To bi zaista bilo vrlo zanimljivo! Shvataš li, Serena, zašto sam ti obećao osvetu? Evo je, i to takva kakvu ti ne bi mogla ni da zamisliš.

Ona je odmahnula i žalosno ga pogledala.

– Nemam za šta da se osvetim, Ralfe! To sam ti već rekla. Te žene su bile zle prema meni, ali ja im opraštam.

On se suzdržao da ne slegne ramenima i odgovorio:

– Ipak će biti kažnjene zbog samog toka događaja. Zamisli samo Simonin očaj kad se seti da je nadohvat ruke imala potomka jedne od najstarijih engleskih porodica, naslednika ogromnog bogatstva, i da ga je prepustila svojoj sirotoj rođaki. Ona će se zbog toga još i razboleti! A gospođa Ridijer, koja se za vreme naše veridbe onako nadmeno ponašala prema meni... Da, bilo bi zabavno posmatrati ih kad saznaju tu novost.

Zadržao je smeh. Zatim je uhvatio Serenu za ruku i odveo je u trpezariju. Mlada žena je bila sasvim zbunjena zbog svega što se dogodilo i pitala se nije li sve to što je čula samo san.

* * *

Zaista je u kući Bekfordovih zavladao užas kad je ujutru gospodin Bekford, sav crven od uzbuđenja, pročitao svojoj tašti i Simon Serenino pismo.

Simon je gotovo doživela nervni slom, a gospođa Ridijer je, sklopivši ruke nakrcane prstenjem, uzviknula:

– Taj mladi čovek se ponaša stvarno strašno! Takve stvari se ne smeju skrivati... Rekao si lord Felborn? I još tako bogat?

– Serena je napisala „vrlo bogat".

– Strašno! Da čovek poludi! Ta mala! Kakva sreća! Ona to nije zaslužila!

Gospodin Bekford se bunio:

– Zašto nije?

– Šta će ona imati od tog položaja? Lordu Felbornu je trebala iskusna žena koja zna da se ponaša u društvu, žena poput Simon.

Gospođica Simon Bekford je zlobno primetila:

– Ubrzo će mu Serena dosaditi. Zažaliće što ga je zavela tobož naivna devojka.

Gospodin Bekford je ponovo počeo da se buni:

– Šta misliš pod time, Simon?

Simon je bezobrazno slegla ramenima.

– Ne razumeš se ti u to, oče. I tebe je zavela svojim nedužnim izgledom. Ali baka i ja smo je odavno prozrele.

– Tako je! – potvrdila je gospođa Ridijer. – Serena se pretvarala i uspela je da zavede gospodina Hotona. Rekla sam ti, Čarlse, bila je prava ludost dopustiti taj brak! Ti mladi ljudi nisu stvoreni jedno za drugo. Da si odbio i odložio stvar, lord Felborn bi ubrzo primetio da jedna druga mlada devojka ima sve ono što mu je potrebno. Ali ti nikad ne slušaš ničije savete, pa se zbog toga i događaju katastrofe.

Znači, ja sam kriv što taj mladić nije odabrao moju ćerku, jadao se sam u sebi gospodin Bekford. *Sumnjam da je on to ikad i pomislio. Čak i u slučaju da Serena nije ni postojala. Moram priznati, Simon nije devojka koja bi se mogla svideti takvom mladom čoveku. Sasvim je drugačije sa Serenom. Oni su stvoreni jedno za drugo.*

7.

– Približavamo se Tringamu, Serena!

Mlada žena je posmatrala kraj utopljen u kišu koja je neprekidno padala. Zatim je pogledala Ralfa. On je sedeo naspram nje u odeljku prve klase u kome su bili sami.

– Kakva šteta što nema bar malo sunca!

– I meni je žao, jer dvorac Lenbaro izgleda otužno kad pada kiša. Bilo bi mi milo kad bi tvoj prvi utisak bio lep.

Ona je sa svojim diskretnim i nežnim smeškom odgovorila:

– S tobom mi je svuda lepo!

On kao da nije čuo te reči i već se bavio revijom koju je držao u ruci.

Ma šta rekla, Serena nije bez potajnog strahovanja očekivala prvi susret s novim domom u kome će provoditi život. Tamo su siromašne rođake ledi Sabina i ledi Doroti Hesbil očekivale bogatog naslednika.

Kako će je prihvatiti te žene koje nisu znale da ona postoji? Jer Ralf joj je rekao da ih nije obavestio o njihovom venčanju. Želeo je, naime, kako je rekao sa svojim najironičnijim smeškom, da im priredi pravo iznenađenje.

Je li očekivao neka neprijateljska osećanja od njih?

Za vreme putovanja on je svojoj ženi saopštio nove pojedinosti o sebi i svojoj porodici.

Njegov otac, Luis Hoton, bio je oficir u indijskoj vojsci. Upoznao je Blanš Kastiji za vreme jednog putovanja po Francuskoj. Ona je bila siromašna, a on je imao samo malen imetak, nedovoljan za njegov otmen život. Uprkos tome, toliko se zaljubio u mladu i vrlo inteligentnu Francuskinju da se oženio njome i odveo je u Indiju. Pre odlaska on ju je predstavio lordu Felbornu, glavi porodice.

On je umro tri godine kasnije, ostavivši svoju ženu s dvogodišnjim sinom bez ikakvih finansijskih sredstava.

Lord Felborn je ponudio gostoprimstvo udovici svog brata u drugom kolenu. On je bio originalan čovek, naučen da naređuje, egoističan i težak. Ali znao je da ceni tu energičnu, a u isti mah i nežnu udovicu, čija su ga otmenost i lepota opčinile. I zaista, među njima nije nikada došlo do svađe. Dogovarajući se, oni su odgajali Ralfa, koga je lord Felborn voleo mnogo više od Emila Odlija, svog naslednika. Gospođa Hoton je u mnogobrojnim lordovim kućama igrala ulogu domaćice. I tako su Ralfa među tim otmenim svetom odgojili kao pravog plemića.

Ipak, njegova majka, vrlo oprezna žena, zahtevala je od njega da ozbiljno uči kako bi jednog dana, ako to bude potrebno, mogao sâm da se izdržava. I tako je stekao diplomu inženjera, koja mu je dobro poslužila kad se, kratko nakon smrti svoje majke, posvađao s lordom Felbornom. Napustio je luksuzan život i pošao u Francusku, domovinu svoje majke, našavši tamo zaposlenje.

Nije spomenuo Sereni zašto je došlo do te svađe. Spomenuo je, ipak, kako nikad zbog toga nije zamerio lordu Felbornu, žrtvi jedne podle intrigantkinje. Kad je kasnije lord Felborn shvatio svoju grešku, njegov ponos mu nije dopustio da pozove Ralfa nazad u svoju kuću.

Zatim je Ralf pričao svojoj ženi o dvorcu Lenbaro, dvorcu Felborna. Pričao je i o kući u Londonu i o nekom modernijem dvorcu u Saseksu. Mlada žena ga je slušala kao u snu, pitajući se: *Zar je moguća tako nagla promena? Sigurno ću se iznenada probuditi... naći se u našem paviljonu...*

Ali nije se probudila.... I evo, voz se već zaustavio na maloj stanici mesta Tringama, smeštenog nedaleko od dvorca.

Na peronu je stajao šef stanice, zatim neki mršav čovek obučen u crno odelo i dvojica slugu u livrejama koje se nose u znak žalosti.

Mršavi čovek im je brzo prišao, skinuo šešir i naklonio se pred Ralfom čim se on pojavio na vratima vagona.

Ralf je rekao s mešavinom ljubaznosti i oholosti:

– Dobar dan, Diksone... I dalje ste na svom mestu?

– I dalje... i drago mi je što vam prvi mogu poželeti dobrodošlicu...

Ostatak rečenice izgubio se u buci. Ralf je skočio na zemlju i okrenuo se ponudivši ruku svojoj ženi kako bi joj pomogao da siđe.

Kad je stupila na tlo, on je rekao čoveku, neizmerno ga iznenadivši:

– Serena, evo Diksona, upravnika Lenbara. On je jedan od najboljih slugu na svetu... Diksone, dvorac Lenbaro će sada imati novu mladu gospodaricu, kao što i sami vidite.

Čovek, očigledno zbunjen, još jednom se naklonio, dok mu je Serena uputila nekoliko ljubaznih reči „koje su sasvim odgovarale prilici“, kako ju je kasnije zadovoljno uveravao njen muž.

Dok je Ralf izlazio iz stanice, prolaznici su ga s poštovanjem pozdravljali. Ispred stanice su ih čekala dvoja kola: kočija s divnim konjima i mali teretni automobil, očigledno određen za prevoz prtljaga.

Ralf se okrenuo ka upravniku:

– Šta znače ova otkrivena kola?

– Tako je naredila gospođa Odli... Nekada ste uvek želeli da se vozite otvorenim kolima kad ste se vraćali s putovanja...

Blesak zlobne ironije prešao je Ralfovim pogledom.

– A! Gospođa Odli se, dakle, setila toga! Moraćemo onda da se vozimo automobilom, namenjenim prevozu prtljaga, jer ja, Serena, ne želim da pokisneš.

– Ali kiša više uopšte ne pada... A vožnja po svežem vazduhu će mi prijati.

– Pristajem ako se dobro pokriješ. Jel' ti odeća dovoljno topla?

– Naravno.

Upravnik je rekao s mnogo poštovanja:

– U kolima se nalazi ogrtač.

– Dobro, dajte ga mojoj supruzi, Diksone... I krenimo brzo, jer pada mrak.

Pomogao je Sereni da se popne u kočiju i toplo je umotao. Jedan sluga je seo iza njih i elegantna kočija napustila je stanicu. Vukla su je dva punokrvna konja kojima je majstorski upravljao Ralf, lord Felborn.

Nakon nekoliko trenutaka Ralf je nezainteresovano primetio:

– Srešćeš u dvorcu i udovicu mog rođaka Emila sa ćerkicom. Lord Henri Felborn pružio im je utočište jer su sasvim bez imovine... Ali ja nemam te iste razloge, pa tako ni nameru da ih zadržim pod svojim krovom.

Serena je već htela da ga pita je li to žena koja je izabrala Emila umesto njega, ali ipak se nije usudila, već je samo diskretno primetila:

– Ali ako su one siromašne?

On nije odgovorio, ali nekoliko trenutaka na njegovim usnama zadržao se podrugljiv osmeh.

Serena je uživala u brzoj vožnji. Vazduh je bio vlažan i svež. Mirisao je na šumu. S vremena na vreme Ralf bi je zapitao da li joj je hladno. Želela je da put što duže traje, želela je da bude sama s njim, daleko do tog nepoznatog doma.

Ali Ralf je izjavio:

– Evo ulaza u Lenbaro.

U smiraju dana Serena je nejasno raspoznala otvorena gvozdena vrata kraj kojih je stajao neki čovek, verovatno kućepazitelj. Zatim je primetila aleju oivičenu ogromnim drvećem, a na njenom kraju neku vrlo veliku zgradu osvetljenih prozora.

Kad su sišli, on je osetio da joj ruke malo drhte, pa ih je čvrsto stisnuo i sasvim tiho rekao:

– Čega se plašiš, mala moja? Ovde sam ja gospodar i tebi sve pripada.

Serena se odmah umirila i počela da se penje s njim stepenicama u predvorje. Tamo je bila okupljena posluga. Ispred njih je stajao prvi sluga. Bio je to isti onaj koji je bio tu u službi onda kad je Ralf otišao. Ralf ih je pozdravio s nekoliko reči, a zatim ih predstavio svojoj ženi, koju su svi iznenađeno gledali. Zatim je domaćica predstavila manje važnu poslugu... Nakon toga je Ralf odlučnim korakom krenuo u salon. Vrata su bila širom otvorena, a iz salona je prodirala svetlost.

Salon je predstavljao pravu šumu cveća. Mrtvački sanduk s crnim baršunom sa srebrnim resama bio je ukrašen divnim cvećem. Kraj njega je klečala neka žena. Ona je bila okrenuta leđima pridošlicama, ali Serena je primetila predivnu plavu kosu koja joj je padala na ramena u bogatim uvojcima.

Ralf je pratio svoju ženu, prišao sanduku i duboko se naklonio. Žena koja je klečala pomakla se i okrenula glavu ka njemu... Serena je primetila vrlo mlado i vrlo bledo lice, koje je očigledno postalo još bleđe kad je mlada žena ugledala i nju.

Serena je okrenula glavu kako bi se sabrala i pomolila.

Ralf se uspravio i rekao poluglasno nepoznatoj ženi nakon što ju je kratko pozdravio:

– Čekaju li me moje rođake, gospođo Odli?

Bledim licem prošao je drhtaj. Mlada žena je odgovorila tihim glasom:

– Da, one su u zelenom salonu.

– Hvala... Dođi, Serena!

On je napustio sobu sa svojom mladom ženom i ušao u luksuzno uređen salon. Kraj stola su sedele dve žene. One su ustale i u jednoj od njih, onoj višoj, Serena je smesta prepoznala ledi Sabinu, čiju joj je sliku muž pokazao.

Ralf je prišao i rekao s mirom koji ga nikad nije napuštao:

– Dobro veče! Nažalost, sreli smo se ponovo u tužnoj prilici...

Naklonio se i poljubio ruke koje su mu pružile istovremeno posmatrajući Serenu.

Ralf se polako okrenuo, uzeo ruku mlade žene pokretom koji je u isti mah bio nežan i odlučan:

– Predstavljam vam svoju suprugu, ledi Serenu, po ocu Engleskinju...

Brzo je ponovio te reči znakovnim govorom zbog ledi Sabine. Zatim se obratio Sereni:

– Evo mojih sestara: ledi Doroti i ledi Sabine, o kojima sam ti pričao.

Ptičje lice ledi Doroti iznenada je pozelenelo. Njeno lice je odavalo iznenađenje nalik na užas.

Očima njene sestre prešao je odsjaj veselja, ali smesta se ugasio.

Ledi Sabina je spontanim pokretom pružila Sereni ruku.

– Srećna sam, drago dete... vrlo srećna!

Ubrzo se sabravši, pridružila joj se i ledi Doroti, trudeći se da se nasmeši. Rekla je medenim glasom:

– Kako si nas iznenadio, Ralfe! Zašto nam to nisi ranije javio?

– Postao sam pravi čudak! Morate me prihvatiti onakvog kakav sam... Pored toga, venčao sam se tek pre mesec dana.

– Stvarno? Kako ste putovali?

– Odlično... Ali pričajte mi o smrti lorda Henrija.

– Sve to išlo tako brzo... Nesvestica... Na trenutak se osvestio i rekao tvoje ime... Nakon pola sata je umro... Nisam mogla ranije da te obavestim...

– Ako je sve išlo tako brzo, onda stvarno nisi mogla. Ipak, bio bih srećan da sam mogao još jednom da ga vidim, jer nikad nisam zaboravio šta mu dugujem... Dakle, poželećemo vam laku noć. Ne bih želeo da umaram svoju ženu, pa ćemo večeras jesti u našim sobama.

Ledi Doroti je promucala:

– Džejn je pripremila tvoju nekadašnju sobu... Nismo znali da...

– Za večeras ćemo se snaći. Laku noć, drage moje rođake!

On se okrenuo da bi napustio salon.

Na pragu sobe stajala je gospođa Odli. Ušla je nakon njih i prisustvovala je predstavljanju Serene. Njeno mršavo telo bilo je tako uspravno da se činilo kao da se pretvorilo u kip.

– Gospođa Odli, udovica mog rođaka Emila.

Mlade žene su se pozdravile. I ponovo, kao i malopre, bledim licem prešao je drhtaj. Nežan glas je rekao:

– Upoznali ste dvorac Lenbaro u tužno vreme.

– Da, sve vreme našeg putovanja vreme je bilo užasno... Kako je vaša ćerka?

Serena je govorila s teškom mukom. Osećala se nelagodno pred tom mladom lepom ženom. Bila je zavodljiva, onako plava, mala, dobro građena i nežnog izraza lica.

Gospođa Odli se tužno nasmešila.

– Moja mala je tako nežna. Ipak, trenutno se dobro oseća. Vazduh je ovde tako dobar.

Ralf je rekao mirnim glasom:

– Odličan! Mislim da će i tebi prijati, Serena! Hajde da se odmorimo.

Lagano se naklonio pred mladom udovicom i napustio salon u pratnji svoje supruge Serene.

8.

Serena kao da se probudila iz sna kad se ujutru našla u otmenoj sobi. Nekad je ta soba pripadala Ralfu, sve do njegovog odlaska iz dvorca.

Već je prošlo osam sati i toplo sunce prodiralo je kroz zavese. Kad se Serena sasvim osvestila, ustala je i brzo počela da se oblači. Sela je pred predivan toaletni stočić i počela da češlja svoju bujnu kosu rasutu po ramenima kad je Ralf ušao u sobu.

– Ah, ustala si! Tako si dobro spavala da sam se trudio da te ne probudim.

Nudeći mu čelo na poljubac, ona mu je prigovorila:

– Morao si to da uradiš! Tako je kasno.

– Zar je to važno? Ništa te ne tera... Pa, draga moja, moraćeš da se navikneš na usluge sobarice. Vreme siromaštva je prošlo, mala moja Pepeljugo! Ne zaboravi, ti si sada grofica Felborn, jedna od prvih plemkinja u Engleskoj.

– Oh, Ralfe, navikla sam sama da se oblačim! To će mi biti teško.

– Brzo ćeš se navići... Kasnije ćeš se pitati kako si mogla da živiš drugačije.

Prošao je prstima kroz njenu gustu smeđu kosu. Posmatrao je mlado lice obasjano toplim pogledom predivnih očiju.

Serena je lagano odmahnula glavom.

– Promena će biti prevelika za mene, Ralfe... Plašim se da ćeš me smatrati glupom.

On se nežno nasmešio i s malo ironije u glasu odgovorio:

– Ne zamišljaj takve gluposti, ludice! Kad je neko tako ljubak kao ti, čega ima da se plaši?

Te reči izgovorila su usta koja su do sada škrtarila na pohvalama. Pogled koji ih je pratio prouzrokovao je snažnije lupanje Sereninog srca. Ali Ralf kao da je zbog toga već zažalio. Njegovi prsti su ispustili svilenkaste uvojke, a oči su mu se okrenule od lepih zenica punih duboke sreće.

Počeo je da se šeta sobom, a zatim je zastao i rekao:

– Naredio sam krojačici, koja se ovog časa nalazi ovde zbog cr-ni-ne mojih rođaka, da dođe u deset sati do tebe. Sve ćeš dogovoriti s njom... Sahrana će se održati prekosutra. Imaću do tada mnogo posla, pa se nećemo sresti pre ručka, koji će nam servirati u našim odajama. Večeraćemo s mojim rođakama. Spremi neku tamnu haljinu dok ti ne sašiju crne.

Govorio je sa svojom uobičajenom pristojnošću, nastojeći da pomogne mladoj ženi, koja još nije tačno znala kako treba da se ponaša u takvoj prilici. Zatim je otišao, nakon što je pozvonio i naredio da Sereni donesu doručak.

Doručak je poslužila postarija sobarica, koja je već prošle večeri ponudila svoje usluge novoj ledi Felborn. Doručkovala je u salonu ukrašenom starim oružjem, lovačkim trofejima i divnim masivnim starim nameštajem.

Iako je već za vreme svog života u paviljonu Serena upoznala novi život, osećala se čudno u toj atmosferi luksuza i plemićkog načina života. Ralf, naprotiv – ona je to sinoć primetila – bio je u svom elementu. Shvatila je da se njen život još jednom sasvim promenio. Morala je sada da se pokori zakonima najotmenijeg života, jer je sada taj život bio njen.

Još je bila sasvim zbunjena onim što joj se dogodilo, ne znajući je li zbog toga zadovoljna ili tužna. Ipak, s nostalgijom je pomišljala na život u malom paviljonu okruženom vrtom punim cveća. Sada se pred njenim očima pružao vrt obasjan sunčevim zracima. Predivne korpe cveća ukrašavale su travnjake, dok su vodoskoci izbacivali iz mermer-nih bazena snopove sjajne vode. Kipovi su se izdizali kraj jezerceta koje je Ralf već opisao svojoj ženi. A tamo u daljini nazirao se park s visokim drvećem.

Dve žene su se približavale dvorcu laganim korakom. Sereni se učinilo kao da je prepoznala jednu od gospođica Hasbil, ne mogavši tačno da odredi koju. Druga je lice sakrila iza suncobrana. Kad ga je na tren odmakla, Serena je ugledala bledo lice i svetlu kosu gospođe Odli...

Da, to je morala biti ona... Ralf je sinoć bio hladan prema njoj. Nikako joj nije mogao oprostiti. Mlad čovek, tako ponosan kao što je bio Ralf, nije lako mogao da zaboravi takvu uvredu... Verovatno je njegovo samoljublje bilo time mnogo više povređeno od njegovog srca.

Ali gospođa Odli je zaista bila lepa. Bilo je sasvim razumljivo što se Ralf zaljubio u nju. I evo, prvi put u životu Serena je osetila ljubomoru, taj nelagodni osećaj.

Htela je to da odagna, pa je odlučila da pođe da se pomoli kraj sanduka lorda Henrija.

Dug hodnik poveo ju je do širokog stepeništa ukrašenog debelim tepihom. Krenula je u predvorje i ušla u salon, u kojem su se molili gazdarica, gospođa Bekvint, i jedan sluga.

Serena je kleknula kraj sanduka i pomolila se.

Zbog mnogobrojnih sveća vazduh u toj, iako velikoj, prostoriji bio je zagušljiv. Miris cveća počeo je pomalo da deluje na mladu ženu.

Neko je ušao i prišao joj. Čvrsta ruka dodirnula joj je rame i Ralf joj je prigovorio:

– Nemoj ovde da boraviš! Vazduh je nepodnošljiv.

Ona je poslušno ustala. Obrativši se sobarici, Ralf je naredio:

– Bekvintova, neka odnesu ovo cveće. Neka ga zamene nekim koje ne miriše. Zatim treba ovu prostoriju bar jedan sat proluftirati.

Uhvatio je ženu podruku i izašao s njom u predvorje. Pogledao je upitno njeno lepo lice i zapitao je:

– Boli li te glava?

– Pomalo.

– Nisi oprezna! Pođi brzo na vazduh u park... Žao mi je što ne mogu da ti se pridružim, ali čeka me posao. Stigao je neki čovek s kojim ću morati da radim bar dva sata. Dođi, pokazaću ti put.

Prošli su kroz predvorje, a zatim kroz galeriju obloženu crvenim mermerom i ukrašenu starim tapiserijama što se pružala do vrta.

– Evo... sad prošetaj... Zar nemaš suncobran ili šešir? Poslaću ti jedno ili drugo.

Napustio ju je, a malo potom pojavila se sobarica sa suncobranom.

Serena je pošla u vrt. Polako je šetala travnjakom dideći mu se. Posmatrala je predivne zasade cveća. Nije znala kuda bi pošla. Razmišljala je: „Nije moguće da sve ovo pripada Ralfu! A zbog toga malo i meni. Zar je moguće da sam ja gospodarica svega toga?"

Ali u njoj se nije rodio ponos. Osećala je samo zadovoljstvo zbog Ralfa, čije su želje sada sigurno bile ispunjene.

Iznenada je zastala... Primetila je ispod jednog drveta neku malenu devojčicu. Ležala je na zemlji.

Dete je okrenulo lice prema tlu. Serena je najpre primetila samo njenu plavu kosu koja joj je pala na belu haljinicu. Dete je jecalo. Mlada žena osetila je samilost, nagnula se nad detetom i nežno upitala:

– Šta ti je, draga moja mala?

Dete se trglo i podiglo glavu. Serena je zadrhtala. Ta mala je potpuno ličila na gospođu Odli. Suzne oči koje su posmatrale Serenu bile su isto tako modre kao kod mlade udovice.

Serena ju je ponovo upitala:

– Šta je, mala moja? Jesi li pala? Boli li te?

Mali prsti su se zgrčili, ružičasta usta su se otvorila i šapnula:

– Mama me je isterala iz sobe... tukla me je... rekla mi je: „Odlazi! Zašto nisi dečak?“ Bila je tako besna...

I ponovo je počela da jeca.

Serena je podigla devojčicu, sela i stavila je na kolena. Trudila se da je uteši.

Malo-pomalo, devojčica se smirila. Naslonila je lepu glavicu na rame mlade žene i tiho je upitala:

– Jeste li vi nova ledi Felborn?

– Da, to sam ja, draga moja! A kako se ti zoveš?

– Nel... a moja mama je gospođa Odli.

Duboko je uzdahnula i zaključila:

– Ovde me samo Bekvintova voli.

– Sada te volim i ja. Zar ne, mala moja Nel?

Dete ju je zagrlilo.

– Da, vi ste tako dobri! I lepi! Lepši ste od moje mame.

Nel je sasvim tiho dodala:

– Naročito kad se ljuti.

Serena je govorila mazeći njenu svilenkastu kosu:

– Hajde, ne govori tako! Tvoja majka je možda umorna nakon svih tih uzbuđenja.

– Ne znam... Nije noćas spavala. Čula sam je kako razgovara s ledi Doroti u svojoj sobi. Činilo se kao da se ljuti. Mislim da je imala nervni napad.

– Draga moja, moraš da budeš dobra kako je ne bi još više ljutila.

Nel je naslonila čelo na obraz mlade žene.

– Da... Vi ćete me voleti, zar ne? Ovde me niko ne voli. Ledi Sabina se brine za mene, a ledi Doroti je zla... zla! Mama... Mama... Ne znam... Ponekad me mazi... a kasnije ne želi da me vidi...

I ponovo su se pojavile suze u njenim lepim očima.

Serena je bila duboko dirnuta zbog devojčicine tuge, pa ju je poljubila u obraz crven od suza.

– Nel, mi ćemo se često sretati... Ali sada moraš da se vratiš jer te možda traže... Isprljala si haljinu dok si ležala na zemlji.

Dete je pogledalo uprljanu haljinu i prestrašeno promucalo:

– Ledi Doroti će me tući! Rekla mi je jutros: „Čuvaj svoje haljine jer tvoja sirota majka sada više neće imati novca da ti kupe nove!" I ona je bila ljuta.

– Dođi, sve ćemo joj objasniti...

Nel je šapnula:

– Evo je!

I zaista, ledi Doroti se približavala. Serena je ustala, držeći Nel za ruku, i prišla joj nekoliko koraka.

– Naišla sam na ovu devojčicu za vreme šetnje.

Dva svetla oka obuhvatila su pogledom mladu ženu. Ledi Doroti je pružila ruku Sereni i mirno rekla:

– Ta mala skitnica je ponovo pobegla svojoj dadilji. Svuda sam je tražila... Radujem se što smo se srele ovog jutra. Jeste li dobro spavali u svom novom domu?

– Ne baš dobro. Ta promena... uzbuđenje...

– Da, naravno... S druge strane, mi smo bile užasno iznenađene. Ali taj dragi Ralf je uvek bio tako originalan... Naravno, drago nam je što dvorac Lenbaro ima novu gospodaricu.

Serena se trudila da pronađe nekoliko prijatnih reči, ali jedva da ih je izrekla, tako joj je neprijatan bio slatkasti glas te žene i njen neiskren pogled.

Ledi Doroti je nastavila:

– Ne bih nikad pomislila da ste Engleskinja! Niste taj tip.

– Po majci sam Špankinja.

– Tako dakle... Ralf vas je upoznao u Francuskoj?

– Da, u Normandiji... Oprostite, ali moram vas napustiti. Ralf mi je rekao da će krojačica doći u deset sati.

– Da, naredio je da ostavi sav drugi posao i stavi se vama na raspolaganje. Naravno, vi ste ovde prvi... i najvažniji...

Nešto je na trenutak blesnulo u njenim očima, ali se smesta opet izgubilo.

Nel je za vreme tog razgovora čvrsto stezala Sereninu ruku, gledajući prestrašeno ledi Doroti. Mlada žena je primetila, pokazujući prljavu haljinu:

– Našla sam malu Nel kako leži na zemlji. Plakala je. Čini se da ju je majka preoštro prekorila. Uprljala je haljinu, ali nadam se da je nećete kazniti zbog toga.

Ptičjim licem ledi Doroti prošao je lagani trzaj.

– Naravno, ispuniću vašu želju vama na radost! Sirota Džejn je pomalo nervozna... Tako je umorna i zabrinuta!

Glas stare gospođice odavao je duboku dirnutost.

– Nju sada čeka budućnost u siromaštvu. A kako joj se sjajan život smešio! Njen otac, blizak prijatelj lorda Henrija, nije posedovao imovinu, pa je na samrti poverio svoju ćerku svom prijatelju. Lord Henri je odgajio Džejn i ona je od ranog detinjstva morala da podnosi tog sebičnog čoveka i sve njegove mušice... Danas, nakon što je nežno negovala svog supruga i brinula se do poslednjeg časa za lorda Henrija, ona je s trideset godina ostala bez ikakvih sredstava. A uz to mora da odgaja i to dete.

Serena je iznenađeno kazala:

– Kako? Zar se lord Henri nije pobrinuo za nju?

– Nije! To je neverovatno, zar ne? I tako nepravedno!

– Naravno! Ali Ralf će sigurno znati šta mu je dužnost.

Usne ledi Doroti na trenutak su se stisnule.

– Ne znam... Nadamo se... Sirota Džejn je tako uplašena. Njen ponos će užasno trpeti što će zavisiti od Ralfove velikodušnosti... Ipak, njena majčinska ljubav nateraće je da prihvati dobrotu zbog male sirote Nel.

– Zaista sam uverena da ona ne treba da se plaši. Ralf će sigurno biti velikodušan prema njoj.

– Kad bi to bar bilo tako! Možda bi vaša pomoć koristila... ako biste vi hteli da kažete koju reč u korist te uboge žene... onda možda on...

Serena je primetila vrlo hladno:

– Mislim da to neće biti potrebno... Gospođa Odli će biti zadovoljna odlukom koju će doneti moj suprug... Videćemo se večeras... Doviđenja, mala Nel!

Poljubila je dete i krenula put dvorca.

Ledi Doroti joj se nije sviđala. Nije bila iskrena. Strah koji je Nel osećala prema njoj prikazao ju je u lošem svetlu. Ponašanje gospođe Odli prema svom detetu, po onome što je rekla mala Nel, ni majku nije pokazivalo u dobrom svetlu.

Vratila se u svoje sobe. Tamo ju je već čekala krojačica. Ta spretna žena neprekidno joj je laskala dok je mlada ledi Felborn birala modele koje joj je ponudila.

Divila se otmenom liku mlade žene, lepoti njene kose, pa je govorila:

– Kako ćete divni biti u svečanoj toaleti kad vas jednog dana lord Felborn predstavi dvoru. Nijedna žena neće vam biti ravna! I gospođa Odli je lepa, ali nijedna se ne može uporediti s vama.

Nešto kasnije, kad je Serena birala neku svilu, ona je izjavila:

– Imate mnogo više ukusa od gospođe Odli. Ona je cenila stvari samo po njihovoj prodajnoj ceni.

Serena je bila srećna kad se ta žena udaljila. Listajući neku knjigu, očekivala je Ralfa na ručku.

Nakon ručka otpratila ga je u vrt, gde je želeo da popuši cigaru. Pokazao joj je jezero s divnim vodenim biljem. Pokojni lord Felborn potrošio je mnogo novca na to rastinje. Uprkos tome što se Serena bunila, on je ubrao za nju nekoliko dragocenih cvetova. Zatim su se laganim korakom vraćali u dvorac, a Ralf je uhvatio svoju ženu podruku. Tako, kao prava slika srećnog bračnog para, sreli su gospođu Odli.

Ralf ju je mirno pozdravio. Mlada udovica je odgovorila otmenim naklonom. Prošla je kraj njih ozbiljnog pogleda, tužna i rezignirana, prepuštajući toplom suncu svoju sjajnu kosu.

Serena je zapitala:

– Zar je ona sada zaista siromašna? Zar joj lord Felborn nije ništa ostavio?

– Tako je. Lord Henri je nije voleo. Na devojčicu nije ni računao, jer ona ne predstavlja pravog naslednika.

– Siroto dete! Nije pravedno...

Ralf je hladno primetio:

– Moj ujak je mogao da radi šta je hteo.

Serena se nije usudila da pita hoće li on učiniti nešto za udovicu i dete. Ipak, ispričala mu je o svom jutrošnjem susretu s Nel...

Na Ralfovim usnama pojavio se sarkastičan osmeh.

– Da, verujem da je gospođi Odli teško. Srušila se s toliko željene visine... Ona nema ljubavi za to siroto dete. Divna osoba! Emil je sigurno često žalio što je napravio tu glupost i oženio se njome.

U Sereninom srcu rodilo se iznenadno zadovoljstvo.

Naslonivši se više na ruku svog supruga, ona je primetila:

– Kakav je on bio prema njoj? Sudeći po njegovom licu, on baš nije bio prijatan čovek.

– Zaista nije. Bio je čovek koji je voleo da naređuje. Ponekad je bio čak brutalan. Nije znao za druge užitke sem lova i jela. Zabranjivao je svojoj ženi da izlazi u društvo, zbog čega je ona neizmerno patila. Među njima su se odigravale užasne scene. To mi je pričala ledi Sabina. Ali Džejn je uvek popuštala, zbog očekivanja sjajnog života kad jednog dana postane grofica Felborn. Naime, lord Henri nije davao mnogo novca Emilu i on joj nije mogao ispuniti želje i ostvariti nade. Ali obećao joj je najsjajniji život kad jednom bude raspolagao imanjem Felbornovih. No njegova smrt je uništila sve te nade. Džejn je uzalud podnosila šest godina njegovu tiraniju i dosadan život, jer je lord Henri primao u dvorac samo svoje lične stare prijatelje. I sva ta anđeoska strpljivost nepovratno je izgubljena.

Potcrtao je reč *anđeoska*.

U tom trenutku su stigli do dvorca. Ralf je pružio ruku svojoj ženi.

– Moram te sada napustiti, Serena! Moram da razgovaram s Diksonom zbog različitih stvari... Šta ćeš ti raditi posle podne? Ne bih voleo da se dosađuješ dok se ne navikneš na ovaj život... Hoćeš li da te odvedem do biblioteke? Pokazaću ti knjige koje bi te mogle zanimati.

Ona je odmah pristala. U njegovom društvu ponovo je prošla kroz veliku primaću sobu. On ju je u prolazu upozoravao na neke detalje. Zatim su ušli u biblioteku. Bila je to divno nameštena dugačka prostorija. Ralf je odabrao knjige za svoju ženu. Ostavio je Serenu za stolom kraj velikog prozora s pogledom na vrt.

Ali Serena tog poslepodneva nije mogla da čita. Potpuna promena njenog života i nova atmosfera izazvali su u njoj uzbuđenje nalik groznici... Nakon nekoliko trenutaka je ustala i počela da razgleda prostoriju.

Tu se nalazilo nekoliko vajarskih remek-dela pred kojima je mlada žena zastala zadivljena. Zatim je otkrila sliku koja je predstavljala Avramovu žrtvu. Iznenada se jedna zavesa pomerila i pojavila se ledi Sabina.

Serena joj je brzo prišla.

– Kako se radujem što mogu da vas pozdravim... rođako!

Nije ni sama znala zašto ju je tako nazvala, iako joj to nije ni palo na pamet prilikom susreta s ledi Doroti.

Govorila je vrlo polako, trudeći se da naglasi svaki slog, jer joj je to savetovao Ralf, kako bi stara gospođica mogla da joj čita sa usana.

Ledi Sabina joj je pružila obe ruke.

– Dobro došli, drago dete!

Njen glas je drhtao od uzbuđenja i suze su joj orosile braon oči.

– Ralfova žena! Tako lepa i draga! Kakva sreća! Jer bez toga, ko zna...

Zaustavila se i još više stisnula ruku mlade žene zadivljeno je gledajući.

Serena ju je uzbuđeno upitala:

– Vi mnogo volite Ralfa?

– Ah, da! On je tako plemenit... Da, da! Uvek je bio dobar prema meni... Svi su ga voleli... I lord Henri je voleo samo njega...

Prestrašeno se zaustavila. Njeno lice je postalo pepeljasto. Stavila je ruku na grudi i teško rekla:

– Moje srce... ponekad me guši...

Serena joj je brzo primakla naslonjaču.

– Hoćete li da sednete?

– Hvala, ne... Nije to ništa... Već je prošlo. Običan grč... Već nekoliko godina imam bolesno srce. Ali to se sada pogoršalo.

– Jeste li razgovarali s lekarom?

– Da... Dao mi je neke lekove i trudio se da me umiri... Ali ja dobro znam...

Na trenutak je spustila kapke, a zatim je drhtaj prošao njenim licem. Na njemu su lepe bile samo oči.

Serena ju je uhvatila za ruku i pogledala je s mnogo simpatije.

– Mi ćemo vas negovati, rođako, pa će vam se stanje popraviti.

– Možda... Ali ja vam smetam, draga moja... Došla sam po knjigu... jer čitanje mi je jedina zabava. Tada čovek ne razmišlja mnogo.

Usne su joj drhtale... Teškim korakom je pošla prema ormanu s knjigama, dohvatila neku svesku i izašla. Pritom se nasmešila mladoj ženi i rekla:

– Doviđenja do večeras, mila moja!

Serena ju je zaista ponovo videla te večeri, zajedno s njenom sestrom i gospođom Odli. Večerali su u velikoj trpezariji ukrašenoj tapiserijom i divnim rezbarijama. Posluživale su ih otmene sluge u livrejama koje su se nosile u vreme žalosti. Sav taj luksuz zbunjivao je novu gospodaricu dvorca. Ali Ralf se očigledno izvanredno osećao. Lako se prilagodio svom novom položaju, za koji je bio pripremljen svojim vaspitanjem.

Razgovor se vukao. Ledi Sabina nije učestvovala u njemu. Trudila se da pročita pokoju reč sa usana sagovornika. Ralf je očigledno izbegavao razgovor s gospođom Odli i samo je s hladnom pristojnošću odgovarao na njena pitanja... Mlada udovica izgledala je izvanredno u svojoj crnoj haljini. Isticali su se njen beo ten i jarkocrvene usne. Činila se vrlo mirna za osobu tako umornu i zabrinutu zbog svoje budućnosti, kako ju je prikazala ledi Doroti.

Nakon večere je Ralf pošao u pušionicu, dok je Serena sa ženama sela u salon ukrašen starim zelenim brokatom sa srebrnim nitima. Taj salon zvali su salonom kraljice Meri, jer se govorilo da je Meri Tjudor tu rado boravila za vreme svojih poseta dvorcu.

Gospođa Odli se nagnula prema Sereni i nežno rekla:

– Jutros ste bili vrlo ljubazni prema mojoj maloj Nel... Napala sam malu jer sam bila strahovito umorna, a ona je tako osetljiva... kao i ja, uostalom... Tako je malo potrebno da se uzbudim... A ova bol koju sada svi osećamo...

Njen pogled je odavao duboku tugu, a nežne male meke ruke s ružičastim noktima sklopile su se nad crnom suknjom.

Nastavila je:

– Hvala vam što ste utešili Nel. To je bilo lepo od vas...

– Rado sam to učinila... To dete je tako drago...

– Da, to je istina... Ona mi je jedina uteha...

Uzdahnula je i spustila pogled... Zatim, kao da je odbacila tužne misli, Džejn je počela da razgovara sa Serenom o Francuskoj, po kojoj je putovala nakon venčanja.

Ralf se ubrzo pojavio i rekao svojoj ženi:

– Da li bi htela da prošetaš? Veče je tako prijatno.

A kad je ona to potvrdila, oprostili su se od svojih rođaka. Zatim su njih dvoje izašli u park i izgubili se u noći osvetljenoj samo slabom mesečinom.

Pratila su ih tri pogleda. Onaj ledi Doroti bio je mračan i zao, pogled Džejn pun mržnje i očaja, a Sabinin obasjan zadovoljstvom.

9.

Dva dana nakon toga obavljena je vrlo svečana sahrana pokojnog lorda Felborna. Tom prilikom su sve značajne ličnosti iz tog kraja defilovale pred Ralfom i Serenom. Svi su mogli da se dive lepoti mlade gospodarice dvorca i njenom aristokratskom, iako još pomalo bojažljivom, držanju. Složili su se i u tome da je novi grof, zbog svog dostojanstvenog držanja i plemićke elegancije, kao stvoren za taj položaj.

Nakon sahrane, na ručku u velikoj trpezariji dvorca Lenbaro okupile su se najznačajnije ličnosti. Sa Serenine desne strane sedeo je ljubazni starac, markiz Holsli. Pričao joj je o Normandiji, u kojoj je provodio leta na imanju svoje sestre. Njen drugi sused bio je ser Tomas Bernet, gospodar Vizmarč korta, dvorca koji se nalazio u blizini. Taj izvanredno dobar čovek bio je visok i debeo, a voleo je i mnogo da jede. Uveravao je Serenu kako su svi u okolini oduševljeni što su mogli da prihvate tako zgodnu novu komšinicu.

Kad su gosti otišli, lord i ledi Felborn napustili su odaje za primanje. Dok su se peli širokim stepeništem, Ralf je rekao ženi:

– Presvući ću se poći u kabinet lorda Henrija da radim. Odsad će to biti moj radni kabinet. Kasnije ću ti se pridružiti na terasi, pa ćeš narediti da nam tamo posluže čaj.

Ta terasa se nalazila s prednje strane dvorca i gledala je na vrt. Na njoj su bile razmeštene stolice i lagani stolovi. Serena je sela i donela svoj ručni rad. Nameravala je da radi do dolaska svog supruga, koji je imao poslovne razgovore sa upravnikom Diksonom.

Oko pet sati sluga je počeo da priprema sto za čaj. Kad se sluga povukao, pojavio se Ralf, držeći u jednoj ruci upaljenu cigaretu, a u drugoj pismo. Pružio ga je Sereni.

– Ovo pismo je stiglo za tebe, Serena! Verovatno od nekoga od Bekfordovih.

Nakon što je pogledala pismo, Serena je iznenađeno rekla:

– Da, to je pismo od Simon... Šta li se dogodilo da mi ona prva piše?

Ralf je seo kraj svoje mlade žene nasmešivši se pomalo podrugljivo.

– Ne misliš valjda da će gospođica Simon nastaviti da se ponaša prema ledi Felborn onako kako se ponašala prema sirotoj Sereni Dokran, ili čak prema supruzi inženjera Hotona? Kao što sam ti ranije rekao, te dve žene će pasti na kolena ispred tebe. Ulagivaće ti se na najgori način, svojstven tim podlim osobama.

– Ne verujem, jer mi smo se ipak držali po strani nakon venčanja... i one su bile besne i uvređene... Moj rođak mi je to rekao.

– Zar se može biti besan i uvređen kad se radi o osobama kakve smo mi sada? Pročitaj pismo, pa ćeš i sama videti.

Serena je polako otvorila pismo iz kog se širio snažan miris. Zatim je otvorila list papira i pročitala ga.

Draga moja mala Serena,

Da nisi tako brzo otputovala, baka i ja dotrčale bismo do tebe i čestitale ti na tvojoj neverovatnoj sreći. Zaista, vilinska sreća! Ali kako je tvoj muž to mogao da skriva? Zaslužio je da mu to ne oprostimo. Nije ništa rekao nama, svojim najboljim prijateljima! I rođacima! Ti ćeš mu oprezno reći da to nije bilo lepo od njega, zar ne, draga Serena?

Baka i ja uživamo u sreći koja te je zadesila. Mi smo neprekidno pretpostavljale da je gospodin Hoton ipak plemić. Oduvek je bio tako neopisivo otmen...

Sledili su dugi hvalospevi u Ralfovu čast. Zatim je sledila Serena. Ona je sada bila „moja ljupka sestrica", „moja draga dobra Serena".

Na kraju pisma je gospođa Ridijer dodala nekoliko oduševljenih reči, pa je čak i Estaš napisao: *Šaljem ti poljupce, draga Serena, i molim te da preneseš pozdrave svom suprugu.*

Ralf, koji je pratio promene izraza na licu svoje supruge, nasmejao se govoreći:

– Je li tako kako sam ti rekao da će biti?

– Ralfe, to je nezamislivo! Te žene su bile tako okrutne i nepravedne! Postupale su sa mnom kao sa služavkom... a sada...

– Lepa podlost, zar ne? Hoćeš li mi pokazati pismo?

Ona mu ga je pružila. On ga je čitao pušeći. S vremena na vreme bi glasno ponovio neku rečenicu uz sarkastičan smeh i podrugljivu primedbu. Zatim je bacio pismo na sto slegnuvši ramenima.

– Da sam na njihovom mestu, ipak bih malo pričekao... i ne bih baš preterivao s pohvalama. Ovako...

– Ti na njihovom mestu ne bi tako postupio.

– Istina je, to ne bi odgovaralo mom karakteru! Ni tvom...

Zaustavio se i nekoliko trenutaka ćutao. Serena ga je posmatrala svojim lepim ozbiljnim pogledom. Onda je on slegnuo ramenima, što je moglo značiti i „ko zna“.

Ona je sa iznenadnim uzbuđenjem rekla:

– Ne veruješ valjda da bih ja...

On se nagnuo prema njoj i obgrlio joj ramena.

– Ne, Serena, ne! Ti ne! Ali mnogi drugi... ja ih poznajem. Ti si tako ponosna i plemenita...

Poljubio ju je u obraz. Zatim se uspravio, spustio ruku i rekao s veselom ironijom:

– Vidiš li, draga moja, ti još ne poznaješ dovoljno te dve žene i sve ono što skrivaju njihove duše.

– Zaista! Ali šta mogu, Ralfe! Moram li da im odgovorim?

– Nemoj! Za nekoliko dana pisaćeš gospodinu Bekfordu i zamoliti ga da prenese tvoje pozdrave svojoj tašti i ćerki, zahvaljujući im što hladnije na njihovom pismu. Više ne zaslužuju... I molim te, ne zaboravi, ja tako ne postupam iz oholosti, već zbog toga što smatram te žene u svakom pogledu sasvim bezvrednim, pa ih je bolje držati što dalje od sebe.

Serena je rekla nakon kratke ćutnje:

– Htela bih da se dopisujem sa sirotom Emilijen ukoliko nemaš ništa protiv toga.

– Nemam, jer ona se sasvim razlikuje od njih, tako si mi ti rekla.

– Da, ona je vrlo osećajna i iskrena! Mnogo pati.

– Piši joj koliko god želiš... A sada mi sipaj čaj, draga moja!

Dok je ona to radila, nežnim i elegantnim pokretima, Ralf je iznenada primetio:

– Moraćeš ovih dana da se upoznaš sa svojim novim dužnostima. Ti si sada gospodarica kuće...

Ona ga je prestrašeno pogledala.

– Već?! To će biti strašno za mene! Neću znati...

– Ja sam, naprotiv, uveren da ti poseduješ sve što je za to potrebno... Već si izvanredno primila naše goste jutros i moram ti priznati, primio sam mnogo pohvala o tebi. I to iskrenih! Uveravam te!

Lako rumenilo oblilo je njene obraze.

– Zaista... Nisam li bila previše nespretna?

– Ni najmanje! Uskoro ćeš biti savršena domaćica... Da se vratimo našem razgovoru... Upoznaj se sutra, molim te, s tajnama veša i s podrumom. Pratiće te Bekvintova, a pomoći će ti i šef posluge. Oni su vrlo iskusni, pa će ti pomagati u početku.

Serena je oklevala neko vreme pre nego što je rekla:

– Zar nije gospođa Odli brinula o svemu tome? Nećemo li joj previše naglo oduzeti tu ulogu?

– Zar je to važno? Ona je to morala očekivati. Želim da ti odmah zauzmeš mesto koje ti pripada... Osim toga, gospođa Odli će imati dovoljno posla jer mora uskoro da se pripremi za odlazak.

– Otići će?

– Naravno!

– Mislila sam da će možda nastaviti da živi ovde s devojčicom.

– Meni to nikad nije palo na pamet.

Nastala je tišina. Serena je stavila šoljicu čaja na stočić smešten kraj njenog muža. On je pušio rastresenog izraza lica... Mlada žena ga je stidljivo zapitala:

– Gospođa Odli nema imovinu?

– Nikakvu! Izdržavao ju je lord Henri.

– Kako će onda živeti?

– Kako želi! Mlada je i zdrava, pa može da radi.

Glas mu je iznenada postao tvrd.

Serena je osetila nelagodu. Ma koliko joj mlada udovica bila nesimpatična, ona nije mogla da shvati ta osećanja koja je mogla naslutiti kod Ralfa.

Nastavila je oklevajući:

– A devojčica... ćerka tvog rođaka...?

Ralf ju je podrugljivo pogledao.

– Reci mi, Serena, nisu li te nagovarali da se zauzmeš kod mene za gospođu Odli?

Ona je odgovorila pocrvenevši:

– To je tačno.

– Ko? Ona sama?

– Ne, ledi Doroti.

– Ah, njen alter ego! Stvarno je bezobrazna. Kad bih bio na mestu gospođe Odli, uradio bih bilo šta samo da ne prosim.

Slegnuo je ramenima, dok mu se oko usana pojavila crta prezira. Serena je plaho primetila:

– Možda je to zbog ćerke...

– Ćerke?

Ralf se kratko nasmejao.

– Ne, ona to radi samo zbog sebe. Ona se neizmerno plaši rada i siromaštva. Spremna je da uradi bilo šta samo da bi to izbegla... Spremna je na najgore podlosti. Ali mene neće prevariti.

Nešto maleno belo skočilo je tog trenutka na terasu i sakrilo se u suknji mlade žene.

Serena se sagnula i iznenađeno kriknula. Bio je to jedan sićušan terijer.

– Kakva ljupka životinjica... Pogledaj, Ralfe!

– To je jedan od ser Henrijevih pasa.

Sagnuo se i dohvatio životinjicu koja je drhtala.

– Ako ti se sviđa, tvoj je.

– Neizmerno se radujem tome!

Ralf je spustio psa na kolena svoje žene... Ali njegove obrve su se iznenada skupile.

Na pragu prostorije koja je vodila na terasu pojavila se mala Nel i prestrašeno zastala.

– Šta radiš ovde?

Čuvši njegov strog glas, oči su joj se napunile suzama. Odgovorila je drhtavim glasom:

– Tražim Triba. Pobegao je...

Serena je brzo ustala i prišla detetu noseći psa u rukama.

– Je li to Trib?

– Da, gospođo! To je Trib, moj Trib!

I Nel je pružila ručice prema psu.

Ralf je hladno rekao:

– Taj pas nije tvoj! On sada pripada ledi Felborn.

Okrenula je prema njemu svoje modre i neizmerno tužne oči.

– Neću više moći da se igram s njim?

Ali Serena joj je stavila psa u ruke.

– Da, draga moja, zabavljaj se s njim koliko hoćeš... Ralfe, hoćeš li mi dopustiti da joj ga poklonim?

Pogledala je molećivo lorda Felborna. On je nezainteresovano odgovorio:

– Radi šta ti je volja. Pas je tvoj.

Serena se nagnula prema detetu, čije je lepo lice odavalo veliki nemir.

– On je sada, dakle, samo tvoj, Nel!

– Oh, gospođo!

Radost je obasjala lice deteta.

– Oh, hvala... Hvala vam!

Serena je pružila ruku i pomazila devojčicinu plavu kosu.

Ralf je nestrpljivo primetio:

– Neka ova mala ode, Serena! A ti popij svoj čaj.

Nel je ponovo prestrašeno pogledala lorda Felborna.

Serena je nežno rekla:

– Hajde, pođi, Nel, i lepo se zabavljaj s Tribom.

Dok je dete odlazilo, Serena je sela za sto. Počela je da pije čaj. Ralf je ćutke posmatrao njen nežan profil... On se iznenada sagnuo i položio svoju ruku na ruku mlade žene.

– Zašto bi ti sada želela da plačeš?

Okrenula je prema njemu svoje crne, sada pomalo vlažne oči.

– To je zbog toga... što si tako grub... To siroto dete...

Odgovorio je strpljivo, iako pomalo ironično:

– Draga moja, ti si vrlo osetljiva! Veruj mi, nemoj se raznežiti zbog gospođe Odli. Inače će ona ubrzo iskorišćavati tvoje meko srce posredstvom te devojčice. Drži ih po strani što više možeš... Dođi! Želim da ti pokažem sobe koje sam odabrao za tebe. Uredićemo ih po tvom ukusu. I to još ove zime.

Sutradan je Ralf poveo kočijom svoju ženu u Lekston. Kad su ušli u crkvu, tamo su zatekli gospođu Odli i Nel. Mlada žena se, naslonivši čelo na ruke, molila. Nije se ni pomerila kad su Ralf i njegova žena ušli, što je izazvalo izvesno uzbuđenje kod ostalih vernika.

Po izlasku iz crkve Ralf je smestio svoju suprugu u kočiju i seo kraj nje. U tom trenutku je gospođa Odli izašla iz crkve u pratnji Nel... Serena je prijateljski klimnula devojčici, koja joj se nasmešila, dok ju je njena majka ljubazno pozdravila.

Začuo se nežan Džejnin glas:

– Kakvo divno jutro, zar ne, ledi Felborn? Vaša prva nedelja u Lenbaru je pod srećnom zvezdom... Zaista je pravo uživanje prošetati se ovamo.

Nel je šapnula:

– Nije, jer sam tako umorna!

Džejn se nagnula nad njom sa izrazom nežne zabrinutosti.

– Zaista, mila moja? Ipak ćeš morati da se vratiš u dvorac.

– Neću moći!

Serena je nehotice pogledala supruga. Zašto nije ponudio mesto u kočiji majci i njenom detetu?

Ralf je posmatrao mladu udovicu s hladnom dosadom. Rekao je mirno, kao odgovor na Džejnine reči:

– Čini se da će dan biti predivan. Zbog toga ću iskoristiti ovo divno jutro da svojoj ženi pokažem deo poseda.

Skinuo je šešir i dohvatio uzde. Otmena kočija se udaljila dok su je pratili pogledi okupljenog sveta.

Nakon nekoliko trenutaka Ralf se obratio svojoj ženi, koja je sedela ćutke i zamišljeno.

– Ti me smatraš nevaspitanim čovekom zbog toga što nisam gospođu Odli odvezao kući.

Ona je iskreno odgovorila:

– Zaista sam bila iznenađena...

Zajedljivo se nasmejao:

– Kako si naivna! Nisi videla kako je stegla ruku devojčici i podsetila je na naučenu lekciju?

Serena je iznenađeno ponovila:

– Lekciju?

– Da! Ona ovog trenutka igra ulogu siromašne žene koja se čak i ne usuđuje da zatraži da je kočija poveze iz crkve. Pre nego što su krenule naredila je devojčici: „Reći ćeš ledi Felborn da si vrlo umorna i da više ne možeš da hodaš." To je bilo tako dirljivo! Lord Felborn je morao ostati dirnut pred tolikom poniznošću. Na nesreću, postao je toliko sumnjičav... smesta je spoznao tu malu komediju.

Serena je povikala:

– Ne mogu da verujem! Previše si sumnjičav, Ralfe!

On je procedio kroz zube:

– Platio sam za to!

Zatim je, slegnuvši ramenima, dodao:

– Ostavimo te razgovore! Bolje razgledajmo, jer to se zaista isplati.

To je bio predivan posed. Ono što je Serena videla tog jutra bilo je dovoljan dokaz. Svi ljudi su pri susretu s kočijom pozdravljala lorda Felborna s mnogo poštovanja.

Vrativši se kući, Ralf i Serena ugledali su u parku ledi Sabinu. Lagano je šetala. Pozdravila ih je izdaleka nasmejavši se... Serena je zapitala svog supruga:

– Zar je ova sirota žena već dugo bolesna?

– To se dogodilo dve godine pre mog odlaska. Dogodio se požar koji je prouzrokovao šok kod nje. Nakon toga je ostala ne samo gluva već i pomalo neuravnotežena i čudna. Ipak, to je divno stvorenje. Uvek sam je voleo više od njene zle i neiskrene starije sestre Doroti.

Nakon nekoliko trenutaka tišine Ralf je dodao:

– Ta gluvoća je vrlo neprijatna. Prvo za nju, a zatim i za druge. Uz ostalo, ona je bila i razlog smrti mog rođaka Emila Odlija.

– Kako to?

– Evo šta mi je ispričao Dikson: Emil je patio od neke unutrašnje bolesti koja se pogoršala nakon pada s konja. Lekar mu je tada zabranio, zbog životne opasnosti, teška vina, koja je pokojnik previše voleo. Ni čašicu, odredio je on... Kad je to govorio, u sobi su se nalazile obe sestre i gospođa Odli. Sabina ga nije čula i niko se nije setio da joj to ponovi, jer se ona zbog svog zdravstvenog stanja nikad nije brinula o bolesniku.

Nakon nekog vremena Emil se osećao nešto bolje. Ustajao je sâm i bolničar mu više nije bio potreban. Jedno veče, kad su Doroti i gospođa Odli pošle da igraju bridž s lordom Felbornom, Sabina mu je došla u posetu. Bio je sâm i strahovito se dosađivao. Uz to je bio besan što su ga lišili alkohola. Zatražio je od Sabine čašicu porta i ona mu ju je dala jer nije ništa znala. Emil je preko noći doživeo tešku krizu i ujutru umro.

– Kako je to strašno! Ledi Sabina je sigurno neutešna.

– Činilo se da je dugo ostala gotovo nema. Njena sestra i gospođa Odli nikad joj nisu oprostile tu grešku. Neprekidno su je napadale. Sada će se to, naravno, promeniti, jer ja to više neću dopuštati.

– Ta sirota žena nije odgovorna za svoje postupke! Ali gospođa Odli sigurno teško može zaboraviti ono što joj je na taj način promenilo sudbinu.

Ralf se nasmešio neizmerno ironično i ponovio:

– Da, promenilo na taj način!

10.

Serena je sutradan preuzela svoju dužnost domaćice. Nije više bila tako uznemirena jer je ustanovila da će joj gospođa Bekvint biti odana pomoćnica. Sva ostala posluga odavala joj je duboko poštovanje i mlada žena nije naišla ni na kakve poteškoće zbog svog neiskustva.

Nakon ručka je sela na terasu sa svojim ručnim radom. Smestila se blizu francuskog prozora na kabinetu u kome je Ralf radio. Pred njom se u svojoj vilinskoj lepoti pružao rascvetani vrt s mermernim vodoskocima.

Mlada žena je pomislila: *Sve ovo pripada Ralfu... Sve ovo...*

Zatim se setila Džejn Odli. Kakvo je užasno razočaranje sigurno doživela kad je shvatila kako mora da se odrekne nade da će postati gospodarica svega toga! Šta li je morala osećati prema novim vlasnicima... naročito prema njoj, koja je zauzela njeno mesto!

Ipak, nije se ništa moglo naslutiti iz njenog načina obraćanja prema ledi Felborn. Ona je uvek bila ljubazna... čak i pred ledenim Ralfovim ponašanjem.

A ono je zaista bilo ledeno, gotovo uvredljivo. On očigledno nije mogao da oprosti toj ženi! Serena je pomislila kako bi ona, da se našla u situaciji gospođe Odli, smesta napustila dvorac zajedno s detetom. Mnogo radije nego što bi podnosila uvrede čoveka koga je jednom prezrela.

Ralf je sigurno bio u pravu kad je tvrdio da joj nedostaje ponos. Serena je osećala kako je duboka njegova antipatija prema toj plavokosoj Džejn.

Šta će uraditi udovica Emila Odlija? Serena je nije čula da govori o odlasku, a ni Ralf više o tome nije govorio. Da li se predomislio? Zar je smatrao nemogućim da baci u bedu udovicu i ćerku svog rođaka?

Sereneno razmišljanje prekinuo je glas sluge pun poštovanja:

– Ledi Doroti moli da je na trenutak primite.

Ralf je odgovorio:

– Recite joj da je očekujem.

Nakon nekoliko trenutaka začuo se sladak glas ledi Doroti:

– Oprosti što ti smetam, Ralfe...

– Ne smetaš, Doroti!

Začulo se pomeranje naslonjače. Zatim je ledi Doroti oklevajući nastavila:

– Poznato ti je da smo sestra i ja zavisile od dobrote lorda Henrija... A sada...

– A sada ćete nastaviti da živite ovde, ili u Londonu zimi ako vam tako bude milije. Dobijaćete istu rentu kao i dosad.

– Zahvaljujem ti... Zahvaljujem najsrdačnije...

Nakon kratkog ćutanja glas pun oklevanja je nastavio:

– Dopusti mi da te pitam, Ralfe... Šta nameravaš sa Džejn i malom Nel?

– Sigurno te je gospođa Odli zamolila da me to pitaš.

Kakva se hladna ironija mogla naslutiti u Ralfovim rečima.

– Ne... nije... Sama sam se toga setila... Toliko saosećam s tim sirotim detetom! Tako je mlada, a tolika je iskušenja doživela... A ipak je tako hrabra. Juče mi je rekla: „Pobrinuću se da što pre nađem posao, jer ne želim da produžavam svoj boravak ovde, gde sam sada samo stranac.“

– To je istina. Ipak, nameravam da nešto učinim za ćerku svog rođaka Emila. Dobiće na korišćenje kuću Vajt, a ja ću joj isplaćivati rentu od pet stotina livri.

Nastala je tišina... Zatim je glas ledi Doroti, drhteći od razočaranja, nastavio:

– Obavestiću Džejn o tome... Ona će ti biti zahvalna. Toliko se brine za to nežno dete...

– Vazduh kuće Vajt će joj bez sumnje odlično odgovarati.

– Da... Hoće li Džejn morati brzo da se preseli tamo?

– Moći će da se preseli čim se završe neophodne popravke. Kuća je jednostavno nameštena, ali je u redu. Vrt je u dobrom stanju. Uostalom, gospođa Odli će moći uvek da se odseli ako joj ta kuća ne bude odgovarala.

– I sâm znaš da je to nemoguće. Džejn nema nikakvih sredstava za život. Već je odavno potrošila malu svotu koju je nasledila od svojih roditelja. To je bilo oko pet stotina livri. Emil je na sebe trošio velik deo rente koju mu je davao lord Henri, pa je Džejn morala zbog toga da troši svoje malo nasledstvo.

– Kod krojačice i draguljara? – rekao je Ralf s ledenom porugom.

– Ne samo na to! Ona nije lakomislena. Ali morala se ponašati u skladu sa svojim položajem... Zbog toga je napravila u poslednje vreme i male dugove.

– Dugove? Koje ja treba da otplatim?

– Ona se nikad ne bi usudila da to traži od tebe! Tako je osetljiva i ponosna! Molim te da joj se smiluješ...

– Koliko iznose ti dugovi?

– Tri stotine livri... Možda nešto više...

– Dostavite mi račune. Platiću ih kako bi situacija i s te strane bila sređena.

Ledi Doroti je zbunjeno počela da mu zahvaljuje. Začulo se pomeranje naslonjače i zatvaranje vrata. Zatim je ponovo nastupila tišina.

Serena je ostala zamišljena, prekrstivši ruke u krilu. *Kako je ta žena mogla imati tako malo ponosa? Ili je to zaista učinila ledi Doroti bez njenog pristanka? Da, sigurno je bilo tako... A Ralf je bio tako velikodušan!*

Osećala se nelagodno. Nikako nije mogla da prozre prirodu svog supruga. Bojala se da će jednog dana spoznati kako je on osvetoljubiv... A ipak je prema njoj bio tako dobar i pažljiv suprug.

Da... ali ona je ipak osećala kao da nešto sputava Ralfovo srce.

Oko četiri sata mlada žena je ustala, odložila ručni rad i krenula prema radnom kabinetu.

– Rado bih se prošetala po parku, Ralfe! Vratiću se na vreme za poslepodnevni čaj.

Lord Felborn je pisao, pa je podigao glavu i rekao:

– To će biti dobro za tebe. Čim budem imao malo manje posla, odlazićemo zajedno u duge šetnje, pešice i u kočiji. Pokazaću ti svoja najdraža mesta.

Ona je pošla u park. Krenula je alejom koja je vodila do kruga s klupama. Na jednoj od njih sedele su ledi Doroti i Nel. Devojčica je, ugledavši mladu ženu, ustala i prišla joj.

– Dobar dan, gospođo!

– Dobar dan, Nel!

Serena se pognula, poljubila dete i prišla ledi Doroti prihvativši njenu koščatu ruku.

– Šetate, Serena?

– Malo, Doroti! Plašim se da bih mogla da se izgubim u ovom ogromnom parku. Ralf me je na to upozorio.

– Vama bi bilo potrebno Džejnino društvo. Ona ovde sve poznaje. Ali sirota žena nije raspoložena za šetnju.

I ledi Doroti je uzdahnula.

– Mora da se pripremi za odlazak u novu kuću. Ralf je dao Džejn na korišćenje kućicu smeštenu kraj parka. To je osamljena skromna kuća. Tamo će se Džejn smestiti s detetom... – Ledi Doroti je podigla oči prema nebu i sklopila ruke. – Ona, tako elegantna i otmena, pa... Mogla je očekivati bolju sudbinu od prijatelja iz detinjstva.

– Prijatelja iz detinjstva?

– Da, oni su zajedno odrasli. I vrlo su se voleli. Ralf je branio Džejn pred svojom majkom, koja nije uvek bila naklonjena devojčici. Ona mu je zbog toga uvek ostala duboko zahvalna... Mislila je da će kod njega naći nešto od tog starog prijateljstva. Ali ništa nije preostalo! Lord Felborn je zaboravio na osećanja Ralfa Hotona!

Nel je najavila:

– Evo mame!

Džejn se približavala lakog koraka, pridržavajući na grudima dugi šal od crnog tila. Posmatrala je Serenu, ali oči su joj bile pune suza.

– Srećna sam što sam vas srela, ledi Felborn...

Pružila je ruku mladoj ženi pokretom punim ljupkosti.

– Došla sam po Nel, jer mora da užina. Sada moram sama da se brinem o njoj. Nema više ni govora o guvernanti...

Stavila je devojčici ruku na glavu i privukla to malo i previše bledo lice pokretom punim nežnosti.

– Da, mila Nel, kraj tebe će sad biti samo tvoja majka. Ja ću se brinuti za tebe, kuvati ti... Nećemo zbog toga biti previše nesrećne!

Jecaj je prekinuo njene reči.

Šapnula je:

– Oprostite mi... Ponekad me hrabrost izda. Ova kuća je tako dugo bila moj dom! Ostaviću je slomljenog srca.

Prinela je maramicu suznim očima i nastavila patetično:

– Nisam to očekivala od *njega!*

Kad su dve žene nešto kasnije napustile Serenu, ona više nije znala šta bi mislila o ledi Džejn Odli.

Je li ono što je tvrdio Ralf bilo istinito? Da li je ona zaista igrala komediju? Ta tiha tuga koja je jedva kojom rečju optuživala Ralfa, je li to bila laž?

Ili Ralf zbog svojih povređenih osećanja preteruje?

Kad ju je te večeri sreo u salonu kraljice Meri, Džejn mu je prišla i duboko dirnuto rekla:

– Zahvaljujem vam, lorde Felborn! Za sve ono što želite da učinite za moju malu Nel.

On je hladno odgovorio:

– Samo vršim svoju dužnost prema ćerki svog rođaka Emila. Ja sam sada glava porodice. Za dvadesetak dana kuća će biti spremna za vas. Mogu odmah da vam dam ključeve ako hoćete da je obiđete.

– Ne tražim ništa drugo.

Kakav melanholičan ton, kakav nežan pogled!

Ipak, Ralf kao da nije to primećivao. Seo je kraj ledi Sabine i počeo da razgovara o njenom zdravlju. Za vreme večere govorio je više nego inače. Pritom je spomenuo da će krenuti u London zbog poslova.

Gospođa Odli je zapitala:

– Još ne poznajete naš glavni grad, ledi Felborn?

– Ne! – odgovorila je Serena.

– Upoznaćete ga u pravo vreme. Kad je sezona u jeku.

Ralf je izjavio:

– Moja žena me neće pratiti. Neću dugo biti odsutan, pa bi to putovanje predstavljalo za nju nepotreban umor. Ne bih stigao ništa da joj pokažem. Upoznaće London ove zime, nakon što bude predstavljena na dvoru.

Serena je žalosno pogledala supruga. Nije joj rekao za to putovanje. Zašto je to najavio ovde pre nego što je nju obavestio.

Primetila je kako je Džejn gleda s velikom znatiželjom. Prisilila je sebe da se nasmeši dok je govorila Ralfu:

– Ne pričaj mi o predstavljanju na dvoru, Ralfe! Neću moći da spavam nedeljama pre toga.

– To je sasvim nepotrebno, draga! Tebe tamo čeka takav uspeh... Šta kažete, gospođo Odli?

Bledo lice je zadrhtalo, kapci su se spustili. Ali ipak je odgovorila mirnim glasom:

– Mislim da ledi Felborn nema čega da se plaši. Ona će postati pravi ukras dvora.

– Vidiš li, Serena? I gospođa Odli ti predviđa uspeh. Ko bi se mogao takmičiti s tvojom lepotom, toaletama iz najboljih pariskih salona i draguljima Felbornovih?

Nešto u Ralfovim rečima pogodilo je Serenu... Osetila je iznenadan bol. Počela je da guli voće spuštenih očiju, dok je Ralf nastavio da govori o njihovom zimskom boravku u raskošnoj palati Felbornovih u Londonu.

Džejn je istim onim nežnim glasom stavljala primedbe. Ledi Doroti se takođe sećala svojih uspomena iz mladosti, dok je živela s roditeljima u Londonu. Ali kod nje se osećala sputana srdžba.

Nešto kasnije Serena se našla sama sa suprugom u salonu sa starim hrastovim nameštajem presvučenim ljubičastom svilom sa srebrnim arabeskama. Bio je to deo prostorija u kojima je ranije stanovala pokojna gospođa Hoton, Ralfova majka. Ralf je sada tu sobu namenio Sereni i ona se tamo smestila baš tog jutra.

– Zašto mi nisi rekao da nameravaš da otputuješ?

Pitajući to svog supruga, mlada žena sela je na veliku sofu sa otvorenom knjigom u ruci.

On je spustio novine koje je držao.

– Zaboravio sam. Uostalom, neću dugo ostati u Londonu jer me ovde čeka mnogo posla.

– Nećeš me dugo ostaviti samu?

Nagnula je prema njemu svoju ljupku glavu i posmatrala ga pogledom punim neizmerne nežnosti, koji je davao neopisivu draž njenim očima.

On se nasmešio:

– Zar se plašiš da ostaneš ovde sama?

– Ne plašim se... ali dani će mi biti neizmerno dugi i tužni.

– Previše si sentimentalna. Ali to će proći... Dakle, sledeće nedelje idem u London. Neće me biti desetak dana.

Serena je uzviknula:

– Deset dana! I ti kažeš da to nije dugo?

On se ponovo nasmejao i odvratio svoj pogled od njenih lepih baršunastih očiju.

– Pravo si dete, Serena! Zar misliš da te nikad neću ostavljati samu?

– O, ne! To ne bi bilo razumno... Ali ovo je prvi put... I zbog toga mi je teško.

– Videćeš da će ti dani brzo proći.

Ona je šapnula:

– Neće... neće!

I Ralf je počeo da čita. Serena se polako uspravila, srca punog tuge, okrećući nesvesno listove knjige.

11.

Narednih dana Serena je retko viđala svog muža. Bio je zaokupljen poslovima. Još se nije snašla u tom ogromnom dvorcu u kom je posluga savršeno obavljala svoj posao i ona nije morala da se brine ni za šta. Na sreću, imala je svoj ručni rad, knjige i šetnje po parku na koje ju je Ralf terao.

– Šetaj, draga moja! Iskoristi ovaj divan vazduh dok smo još ovde.

Ona je, dakle, odlazila sama i pomalo tužna u šetnje... Ponekad je ipak imala malu pratilju. Dva ili tri puta srela je Nel, pa ju je vodila sa sobom, zabavljajući se njenim primedbama i uživajući u ljubavi koju joj je ukazivalo to malo biće.

Ralf je nabrao obrve kad mu je pričala o tome.

– Pazi da te ona sasvim ne zaokupi, Serena... Uostalom, i ja ću pripaziti na to. Ukoliko te to dete zanima, ja se tome neću suprotstaviti.

Otišao je jednog jutra nakon što je mirno zagrlio svoju ženu i preporučio joj da se zabavlja dugim vožnjama u kočiji.

Kad je napokon ostala sama, Serena nije moga da zadrži suze, koje je uspela da suspregne pred njim.

Činilo joj se da je u poslednje vreme, od dolaska ovamo, postao hladniji prema njoj. Nisu li gospođa Ridijer i Simon bile u pravu kad su joj predskazale da će njemu brzo dosaditi taj brak?

Sigurno mu se ona činila još nespretnija i detinjastija u poređenju sa Džejn Odli, ženom savršene elegancije.

On je bio jednako kao i ranije dobar prema njoj, ali ona više nije primećivala one retke izlive osećanja iz prvih dana njihovog braka i početka boravka u dvorcu Lenbaro.

A ona ga je tako volela... Svakog dana volela ga je sve više.

Jednog dana po povratku iz crkve ona je u predvorju srela gospođu Odli, spremnu za izlazak.

– Otići ću do svoje nove kućice – objasnila je ona. – Biće to lepa šetnja... A i vi ste sasvim sami, ledi Serena! Sigurno vam vreme sporo prolazi. Ipak mi se čini da je lord Felborn mogao da vas povede sa sobom.

– Smetala bih mu prilikom obavljanja poslova, a on želi da ih obavi što brže.

– Da li voljena žena ikad smeta suprugu?

Serena je zadrhtala i blago pocrvenela.

Voljena žena... Da li je ona to bila za Ralfa?

Gospođa Odli je nastavila vrlo ljubazno:

– Sigurno bi vam se sviđao boravak u Londonu. Na kraju krajeva, lord Felborn je tamo mogao da ostane i malo duže kako bi vam nešto pokazao... Ali ne smem da sudim o njemu. Treba prihvatiti te male dokaze muške samovolje. Ja to znam iz iskustva, ledi Serena!

Uzdahnula je, ponovo stisnula ruku Sereni i udaljila se.

Te reči su ponovo izazvale uznemirenost u Sereninoj duši. Nije znala šta Ralf zapravo oseća prema njoj. Serenu je obuzela tuga koju nije mogla savladati ni ljubav male Nel. Nju je majka sada i samu ponekad slala da zabavi Serenu.

Dva dana nakon Ralfovog odlaska ona se prehladila kad je uveče, sva zamišljena, ostala na terasi. Vazduh je bio hladan i vlažan, pa je dobila bronhitis. Gospođa Bekvint ju je predano negovala. Govorila je mladoj ženi, koja se bunila: „Lord Felborn mi vas je poverio i ja sam odgovorna za vaše zdravlje.“

Doktor Dagvil, dobar nasmešeni starac, nije pokazivao nikakvu uznemirenost. Izjavio je da će brzo ozdraviti.

Gospođa Bekvint je, uprkos Sereninom protestovanju, odmah pisala lordu Felbornu i obavestila ga o bolesti njegove žene. To je, govorila je ona, bila njena dužnost. To joj je gospodin bio izričito naredio u slučaju da se njegova žena razboli.

Od Ralfovog odlaska stiglo je jedno njegovo pismo, ali prilično kratko. Pisao je da je vrlo zaposlen, spominjao užasnu vrućinu koja je vladala u Londonu i uveravao ženu u svoja „topla osećanja“.

Serena mu je odgovorila ne usuđujući se da razotkrije sve što oseća prema njemu. Nakon što mu je gospođa Bekvint pisala, ona mu je ponovo javila da se bolje oseća i da će brzo ozdraviti.

Tri dana kasnije stiglo je Ralfovo pismo. Raspitivao se za zdravlje svoje žene i najavio produžetak svog putovanja. Morao je da otputuje u Francusku.

Ta njegova nebriga užasno je uticala na Serenu. Temperatura se vratila, a kašalj je postao jači. Lekar je slegnuo ramenima govoreći gospođi Bekvint:

– Bilo bi mi draže da je lord Felborn ovde.

Gospođa Bekvint je zapitala:

– Da mu pošaljem telegram?

– Ne, to još nije potrebno. Ali stanje bolesnice se pogoršalo.

Ledi Sabina je često sedela kraj Sereninog kreveta. Dolazile su i ledi Doroti i gospođa Odli. Ledi Sabina je obično ćutala, a njen nežan i topao pogled koristio je Sereni. Dve druge žene bile su neprijatne za Serenu zbog svog tobožnjeg sažaljevanja. Zašto su je tako žalile? Zar zbog toga što je bila bolesna? Njoj se činilo kao da se radi o nečem drugom.

Džejn je govorila o svojoj selidbi u novu kuću. Pričala je rezignirano:

– To je mala kuća... Jedva da ima nešto nameštaja. Ali verujem da ću se snaći sa onim stvarima koje sam nasledila od svog supruga.

Ledi Doroti bi je grlila i tugovala:

– Sirota moja mala! Kakva hrabrost! Vi ste divni!

Napokon je Sereni bilo malo bolje. Tog dana napisala je suprugu nekoliko reči, onoliko hladno koliko je mogla. Nije mu govorila o svom zdravlju. Odgovor koji je primila iz Pariza najavljivao je njegov povratak za kraj nedelje.

Kad je Serena to javila ledi Doroti i Džejn, ova prva je povikala:

– Ah, napokon je odlučio da se vrati! Na svu sreću, do tada ćete biti gotovo potpuno zdravi, draga moja! On sigurno računa na to, jer muškarci ne vole bolest.

Džejn je to potvrdila dodavši s nežnom tugom:

– Čovek bi morao da bude uvek potpuno zdrav da ih ne bi naljutio.

Kad je ledi Sabina čula da se Ralf vraća, šapnula je:

– Već je i vreme... Vreme je...

Serena je s mešavinom nade i straha očekivala njegov povratak. Htela je da za tu priliku ustane i obuče belu vunenu kućnu haljinu koju je sašila u paviljonu. Ona je sada zbog bolesti izgledala još nežnije. Bila je dirljiva u svojoj jednostavnoj haljini s predivnom kosom vezanom belom trakom na potiljku. Bila je tako mlada i lepa da je njena sobarica Besi zastala na trenutak diveći joj se dok je ona ležala na divanu u salonu kraj svoje spavaće sobe.

Džejn Odli je bez sumnje osetila to isto kad je došla da na trenutak poseti mladu ženu. Posmatrala ju je zavidno, ne mogavši da odvrati pogled od nje.

Mlada udovica je delovala vrlo umorno. Odlasci u novu kuću su je umarali.

Serena je predložila:

– Mogli biste da uzmete kola. Hoćete li da kažem to konjušaru?

– Oh, ne, hvala! Ne bih nikoga želela da uznemiravam. Lord Felborn bi mogao da se ljuti.

– Ne verujem da bi se on tome suprotstavio.

– Mislite? To je zbog toga što ste tako dobri... Ali lord Felborn mene ne voli i ne bih htela da iskoristim njegovo odsustvo da od vas zatražim neke usluge... jer vaša ljubav mi je previše dragocena.

Dugo je stiskala ruku mlade žene, koja joj nije na to odgovorila. Sereni se činilo kao da još nikad nije gospođi Odli pokazala znake naklonosti... Ali nije škodilo ako je ova u to verovala.

Džejn je ustala nakon pet minuta. Morala je da odgovori nekoj svojoj prijateljici na jedno očajno pismo.

– Sirotica je tako očajna! Njen muž, izgovarajući se poslovima, provodio je mnogo vremena daleko od nje. Ona se pak muči s dva mala sina u nekom osamljenom dvorcu... Probaću da je utešim i ohrabrim... Sirota mala Lizi! Toliko je volela svog Endrua! A ja sam ga smatrala tako ozbiljnim. Zaista je teško shvatiti muškarce!

Zaćutala je na trenutak, gledala zamišljeno pored sebe i odmahnula glavom.

– Ta mala Lizi je tako nežna. I slabog zdravlja... Umalo da umre za vreme porođaja s drugim sinom. U to vreme je Endru Merčil boravio u Dovilu. Tamo je često posećivao kazino. Tvrdio je da nikad nije primio telegram u kome su mu javljali o lošem zdravstvenom stanju njegove žene. Stigao je u najvećem miru petnaest dana kasnije... Lepo, zar ne?

Zavrtela je glavom i gorko se nasmejala.

– Ne kažem da su svi takvi... ali mnogi jesu... Treba se pomiriti s tim... To ću napisati svojoj sirotoj Lizi.

Kad je ona otišla, Serena je naslonila svoju lepu glavu na izvezeni jastuk. Srce joj se steglo od straha. Taj strah nikad ranije nije spoznala... čega se plašila? Nije to zapravo ni sama znala... Gospođa Džejn Odli govorila joj je o nesreći svoje prijateljice, pa je tako razotkrila pred njom jedan do sada još nepoznat horizont.

Nije mogla da veruje da je Ralf otputovao pod lažnim izgovorom. Ne, ona je bila sigurna da su ga poslovi zadržali u Londonu. Mada, možda je namerno produžio svoj boravak tamo jer ga ništa nije vuklo Sereni, kojom se oženio ko zna zbog čega. Možda zbog neke sklonosti za koju sada više nije mario. Možda je nikad nije ni zavoleo iskreno.

Mučena takvim mislima, mlada žena je očekivala povratak svog supruga. Zadrhtala je začuvši u hodniku njegov čvrst korak. Otvorila su se vrata salona i na njima se pojavio Ralf prestrašenog lica.

– Šta mi to kažu, Serena? Bila si bolesna?

On joj je prišao, uhvatio je za ruku i gledao je duboko dirnuto. Njeno omršavilo lice sada je oblilo rumenilo.

Ona je promucala:

– Kako... Zar nisi to znao? Ja sam ti pisala, a i Bekvintova.

– Šta mi to kažeš? Nisam primio nijednu reč od Bekvintove... A iz tvojih pisama nisam mogao zaključiti da si bolesna.

– Uveravam te, Ralfe! Ta dva pisma su bila napisana. Besi je imala da odnese moje, a ono od Bekvintove poslato je dva dana ranije.

– Ne mogu to da razumem! Smesta ću sprovesti istragu. Nemoguće je da su se dva pisma izgubila... Nego, pričajmo sada o tebi, Serena! Šta se dogodilo?

Seo je kraj nje, poljubio joj čelo i zadržao njenu grozničavu ruku u svojoj. Dirnuto je posmatrao mladu ženu. I Serenino srce je iznenada osetilo radost.

Ona mu je u nekoliko reči opisala svoju bolest. Raspitivao se o tome kakve joj je lekove dao lekar i izjavio kako je nezadovoljan zbog toga što mu nisu poslali telegram.

– Ne bih otputovao u Francusku. Nije to bilo tako hitno... Bekvintova se glupo ponela.

– Ali ona ti je pisala...

– Da, to je istina. Kako čudno! Jesi li već večerala, Serena? Ne? Narediću da nam donesu večeru ovamo. Hoćeš li pozvati Besi?

Kad se sobarica povukla s nalozima, on je ustao i rekao:

– Presvući ću se, pa ću se vratiti. Doviđenja, Serena!

Krenuo je prema vratima, da bi ponovo zastao i pogledao mladu ženu.

– Zašto mi u poslednjem pismu nisi pomenula da si bolesna? Zbog toga nisam ništa slutio o tome.

Ona je pocrvenela i spustila pogled u nelagodnosti.

– Mislila sam... Nisam htela da ti dosađujem...

– Kako? Ne razumem. U tom slučaju bi se moglo govoriti o uznemirenosti, ne o dosađivanju.

Ona je promucala:

– Ti to nisi spominjao u svom pismu, pa sam mislila... da tome ne pridaješ važnost.

– Zar misliš da me tvoje zdravlje ne zanima?

U pogledu koji je uputio mladoj ženi pojavila se lagana ironija.

Ona je još jače pocrvenela, ne odgovorivši. Njene lepe oči napunile su se suzama... Ralf joj je prišao i spustio ruku na njenu smeđu kosu.

– Serena, treba da smiriš maštu. Ona te je odvela predaleko, draga moja! Uveravam te da mi zadaješ bol što tako malo veruješ u moju ljubav.

Ustala je i pogledala ga s radosnim uzbuđenjem.

– Oh, Ralfe, oprosti mi! Zaista sam bila luda! Ti si uvek bio tako dobar prema meni... Nemoj misliti da nisam zahvalna. To je zbog toga što te toliko volim... Zbog toga sam se nepotrebno uzbudila.

Naglo je uhvatila njegovu ruku i poljubila je.

To je bio prvi put da mu je tako jasno pokazala svoja duboka osećanja.

Ralf je zadrhtao. Njegov pogled se na nekoliko trenutaka pomračio.

Nestrpljivo je povukao ruku i rekao, u isto vreme nezadovoljno i podrugljivo:

– Kakva si ti romantična devojčica! To i odgovara tvojim godinama. Uskoro ćeš se sasvim razviti i postati vrlo razumna mlada žena... onakva kakvu te želim.

Udaljio se ostavivši Serenu duboko uzbuđenu zbog neke neodređene sreće, ali i tuge zbog poslednjih Ralfovih reči.

12.

U isto vreme kad se lord Felborn vratio kući, Kristofer je u Francuskoj pripremio sve potrebno za preseljenje. Nameštaj je prodat inženjeru koji se sada smestio u paviljonu. Ralf je za vreme svog boravka u Francuskoj navratio do Sorbenovih i gospodina Bekforda i pozdravio ih.

– Namerno sam zaboravio na gospođu Ridijer i Simon – kazao je sa smeškom Sereni.

Mlada žena je šapnula:

– Naš mali paviljon... Toliko sam ga volela... Tamo sam bila tako srećna!

Ralf je rekao sa svojom uobičajenom laganom ironijom:

– Zar ovde nisi?

– Ne, nisam to htela da kažem... Ali to više nije onaj isti jednostavan život, koji je više odgovarao mom vaspitanju.

Nije se usudila da doda: „Čini mi se da smo tamo bili bliže jedno drugom.“

Ralf je primetio:

– Ne verujem da ćeš dugo žaliti za onim životom. Nakon tri meseca ovog života promenićeš mišljenje. Uveravam te... Evo nečega što će možda raspršiti tvoje žaljenje.

Ustao je, prišao pisaćem stolu i podigao kutijicu koju je stavio tamo kad je ušao u sobu. Prišao je Sereni.

– Evo nečega što će ti dokazati da te nisam zaboravio. Uostalom, putovao sam u Pariz zbog tebe. Dogovarao sam se tamo s jednim od najboljih krojača o tvojim toaletama...

Govoreći tako, Ralf je otvorio kutijicu. Serena je bila neizmerno iznenađena. Na baršunu su blistali prelepi dragulji.

– Kako je to divno! Zaista, previše! Nikad nisam videla ništa slično.

– A šta ćeš tek reći kad vidiš dragulje Felbornovih! Pokazaću ti ih ovih dana. Ove zime ćeš ih nositi.

Potom je stavio smaragdnu ogrlicu oko vrata svoje žene.

– Da, to će ti dobro stajati... Moći ćeš da je nosiš za nekoliko meseci, kad više ne budeš bila u žalosti.

Serena je posmatrala predivne dragulje i divila im se. Ralf je pratio pogledom izraz njenog lica.

– Oh, to je zaista divno! Hvala ti, Ralfe! Previše me maziš.

Pogledala ga je srećno i veselo pružajući mu plahim pokretom ruku.

– Ja sam zadovoljan kad si ti srećna. Uostalom, čovek je uvek siguran da će draguljima i toaletama obradovati ženu.

Sa Sereninih usana nestao je veseli smešak. Osetila je hladnu ironiju u Ralfovom glasu i to ju je iznenadilo.

Odvratila je ozbiljnim glasom:

– Da, to je sasvim prirodno. Ukoliko to zadovoljstvo nije najvažnije u nečijem životu.

– A kolike bi se mogle odupreti tom iskušenju? Za kolike bi to nevažno zadovoljstvo bilo važnije od osećaja dužnosti i časti?

Ona je ozbiljno primetila:

– Nadam se da ih ipak ima više nego što pretpostavljaš.

On je slegao ramenima. Nervoznim pokretom je vratio ogrlicu u kutiju... Serena je naslonila glavu na jastuke divana. Živahnost koja se bila pojavila na njenom licu sada je nestala. Njene oči, malopre tako sjajne, sada su ponovo gledale tužno.

Ralf ju je smrknuto pogledao.

– Mislim, draga moja, da ćemo od sutra početi da izvršavamo savete lekara. To jest, poći ćemo kočijom na svež vazduh. Moraš da se oporaviš. Moraš da udišeš svež šumski vazduh.

Smešak je obasjao njeno mršavo lice.

– Oh, kako se radujem tome!

Te šetnje s Ralfom sigurno će biti predivne. Možda će joj poći za rukom da slomi onu neobjašnjivu prepreku koja je stajala među njima.

Pred kraj poslepodneva pojavila se ledi Doroti s Nel. Stara gospođica izgledala je veoma tužno. Javila je Sereni da će gospođa Odli sutradan napustiti dvorac Lenbaro.

– Ukoliko to dopuštate, želela bi da dođe da se oprosti od vas.

– Neću biti tu sutra posle podne. Otići ću u vožnju s Ralfom. Recite gospođi Odli da ću je posetiti u njenoj novoj kući... Nadam se da ćemo Nel viđati češće kod nas.

Dete, koje joj je sedelo u krilu, naslonilo je nežno obraz na njeno rame.

– Da, ledi Serena, ja ću doći! To jest, ako to lord Felborn bude dopustio.

Serena je uznemireno pogledala po salonu, kao da se plaši da će se gospodar dvorca Lenbaro opet iznenada pojaviti.

– Naravno da će on to dopustiti, Nel!

Ledi Doroti je tužno promrmljala:

– Moja sirota Džejn se plaši da neće smeti da dolazi u dvorac... Ja sam joj rekla da antipatija lorda Felborna prema njoj neće ipak biti toliko velika da neće ponekad moći da me poseti.

– Naravno! Sigurna sam da će Ralf to smatrati sasvim prirodnim. Mislim da gospođa Odli preteruje.

Ledi Doroti je podigla oči prema nebu i šapnula:

– I ja joj to govorim... toj mojoj sirotici!

Kad je Serena sutradan pričala Ralfu o tome kako je obećala da će posetiti Džejn Odli, on je nabrao obrve.

– To mi baš nije drago. Ne bih želeo da imaš bilo kakve veze s tom ženom. Jer ona je opasna intrigantkinja.

– Previše si strog prema njoj, Ralfe!

– Nisam, ja je dobro poznajem. Moram da te zaštitim od nje. Tim pre što smatram da te ona ne voli.

Mlada žena je ostala pomalo uznemirena na te reči. Želela je da sazna šta se krije iza toga. Ali plahost koju je osećala prema Ralfu zaustavila je pitanje na njenim usnama.

Džejn se prethodnog dana nije pojavila na večeri. Patila je od neuralgije, kako je rekla ledi Doroti. Ipak, te večeri će se pojaviti poslednji put i zauzeti svoje mesto kraj Serene. Ušla je u sobu jednako ljupka kao i inače. Nijednom nije spomenula svoj odlazak, sve do trenutka kad se opraštala od Serene i Ralfa. Tada joj je rekla:

– Radujem se vašoj poseti, ledi Serena!

Mlada žena joj je odgovorila suzdržano:

– Zaista nameravam da vas posetim, ledi Odli!

– Bićete mi dobrodošli! Dopustite mi da vam još jednom zahvalim u ime svoje male Nel, lorde Felborn!

Pogledala je Ralfa svojim nežnim modrim očima, a zatim plašljivo dodala:

– Za moju kuću bi bila velika čast ako biste dopratili ledi Serenu prilikom njene posete.

Ralf je odgovorio tonom hladne pristojnosti:

– Mislim da to neće biti moguće, gospođo Odli... Ali želim vam srećan život u novoj kući.

Serena, koja je u tom trenutku posmatrala mladu udovicu, videla je kako se njeno lice steglo, a modre oči potamnele... To je potrajalo samo trenutak. Časak kasnije Džejn je istim slatkim glasom odgovorila:

– Zahvaljujem vam, milorde!

Osam dana kasnije Serena je krenula u posetu gospođi Odli. Njena kućica nalazila se oko dva kilometra od dvorca. Sastojala se od prizemlja i prvog sprata. Građena od sivog kamena, bila je sva obrasla bršljanom. Pred kućom se nalazio mali vrt, a veći se prostirao iza kuće.

Sobe su bile male i nameštene starim, bezvrednim nameštajem sa izbledelim presvlakama. Kako je Serena saznala od Džejn, u toj kući, sagrađenoj krajem prošlog veka, stanovale su uvek siromašne rođake.

Ona je to govorila bez gorčine, sa svojim uobičajenim mirom.

Neka devojčica od petnaestak godina ih je posluživala. O Nel se brinula samo njena majka.

Mala je bila tužna i delovala je bolesno. Džejn je objasnila, mazeći njenu plavu kosu, da mala nije mogla da se uteši što je morala da napusti dvorac Lenbaro.

– Ona je vrlo osećajna – dodala je tužno. – Ovde smo tako osamljene. Kad bi vas bar mogla koji put posetiti, ledi Felborn! Mala vas toliko voli.

Serena je, bez mnogo razmišljanja, zbog žalosnog izraza lica male Nel, odgovorila:

– Dovedite mi je često! Bilo bi mi drago.

– Vi ste tako dobri, ledi Serena!

Dve ruke su uhvatile Serenine i čvrsto ih stisnule.

– Ali ja se ne usuđujem... Lord Felborn bi se možda ljutio...

– Ne verujem... U svakom slučaju, mogu poslati po nju ili sama doći ovamo.

– Da, dođite! Posetite me u mojoj samoći, molim vas!

Serena je smesta zažalila što je bila tako neoprezna. Setila se onoga što joj je njen suprug govorio o Džejn Odli.

Prepustila se svom dobrom srcu uprkos tome što joj ta žena nije bila draga. Ipak je osećala samilost prema njoj, a naročito prema maloj Nel.

Ali ona je pomislila: *Učiniću sve kako bih majku što manje sretala. Moći ću da pošaljem nekoga po Nel s vremena na vreme. Ona će me zabavljati kad Ralf ne bude bio tu.*

Jer nakon što je četiri dana pratio svoju ženu prilikom izlaska u kočiji, Ralf ju je sada ostavljao samu. Rekao je da ima mnogo posla sa svojim upravnikom. Imanje je bilo u lošem stanju, a novi lord je razmišljao o tome šta sve treba uraditi.

Sve mu je to, naravno, oduzimalo vreme, pa mu nije preostajalo mnogo za njegovu mladu ženu.

Ipak, Serena je ponekad pomišljala kako bi Ralf mogao da je hteo...

Ali trudila se da ne misli na to. Ta pomisao bi je mogla udaljiti od Ralfa i protiv njene volje. Kad se nalazila pored njega, uvek je bila dobre volje i mirna, ne pokazujući mu svoju duboku ljubav. Kad je pak bila sama, brige bi je sve više zaokupljale.

Njeno zdravlje se ubrzo popravilo zahvaljujući dobrom vazduhu. Ralf joj je ukazivao veliku pažnju, brinući se da li izvršava sve naloge doktora Dagvila. Uostalom, nije propuštao ništa što bi je moglo zabaviti ili joj biti prijatno. Za nju su stizale knjige i revije, elegantne crne haljine iz pariskih salona... Petnaestak dana nakon svog povratka Ralf joj je poklonio predivnu kočiju s malim konjem. Sada se mogla sama voziti.

– To će ti biti mnogo prijatnije – objašnjavao joj je. – Povešćeš sa sobom Džeka. To je miran i poslušan momak, u koga možeš imati poverenja.

Serena mu je zahvalila, ali bez naročitog veselja. Činilo se kao da Ralf samo izvršava svoju dužnost... Setivši se nekih njegovih reči, Serena je pomislila: *Misli li Ralf da sav taj luksuz, sve te radosti koje mi obećava nakon prestanka žalosti, može da nadoknadi njegova osećanja, koja mi on sve više uskraćuje nakon prvih dana našeg braka?*

13.

Jednog poslepodneva Serena je sedela s malom Nel kraj jezerceta okruženog stogodišnjim stablima.

Ona je pošla po dete u kuću u kojoj je ono stanovalo, a koja se nalazila u blizini. U trpezariji je srela gospođu Odli, koja je čistila stari nameštaj jer mlada neiskusna služavka nije uspevala da obavi ni pola svog posla. Džejn je, sa smeškom na usnama, rekla:

– Na sreću, mogu da joj pomognem... To me čak zabavlja... Doduše, pritom se i umaram jer nisam naučena na to, ali...

Serena joj je ponudila svoju pomoć. Ali mlada žena je uzviknula pogledavši njene fine prste s dva skupocena prstena:

– Ni govora! S tim svojim lepim rukama.

Serena se nasmejala.

– Moje lepe ruke dobro su poznavale tu vrstu posla... a i još mnogo težih.

– Kako to?

Serena joj je u nekoliko reči opisala svoj život pre braka.

Džejn ju je slušala uz neprekidne uzvike žaljenja.

– Zaista?! Sirota draga! Da, sada vidim da ste i vi poznavali teške dane... Ali sada je s tim gotovo! Sada ste obasuti srećom. Ralf, htela sam da kažem lord Felborn, tako je plemenit prema vama. Uostalom, vi to i zaslužujete... Postali ste predivna ledi Felborn!

Sada, kad gospođa Odli nije više bila kraj nje, Serena je zažalila što joj je sve to ispričala. Ponovo se setila Ralfovih reči da joj ne treba verovati. Ali pred Džejn ona je na ta upozorenja zaboravila. Ta žena je bila tako zavodljiva! Delovala je sasvim iskreno. Kad ne bi bila unapred upozorena, Serena bi imala potpuno poverenje u nju... Ipak, Ralf mora da je poznaje... Ukoliko ga želja za osvetom nije zaslepila.

Serena je zamišljeno pratila pogledom let vilinog konjica nad tamnozelenom vodom obasjanom suncem, koje se polako spuštalo iza drveća parka. Zatim se njen pogled zaustavi na Nel.

Dete je sedelo mirno s Tribom na kolenima. Serena je primetila da u devojčici nema više one živahnosti iz prvih dana njihovog susreta, kao ni one ljupke srdačnosti. Činilo se kao da taj mali mozak neprekidno razmišlja o nečemu.

Je li možda bila bolesna? Kad ju je mlada žena to pitala, ona je rekla da nije. Ali lice joj je smršalo, a oči su joj bile umorne i ozbiljne.

Pokazivala je prema Sereni topla osećanja, pa je umela dugo da sedi pored nje i gleda je, kao što je baš i sada radila.

Mlada žena joj se nasmešila, a onda počela da veze.

Već su prošla gotovo dva meseca otkad je stigla ovamo. Počela je da se privikava, da obavlja svoje svakodnevne poslove. Saživela se sa starim dvorcem, u kome se u prvo vreme osećala nelagodno. Svakog dana bi se dogovarala s domaćicom o svim poslovima, a zatim bi radila ručni rad za siromahe. Poslepodne bi odlazila u šetnju i čitala, praveći pritom beleške kako bi što više naučila.

Ralfa bi sretala tek za vreme čaja. Ponekad bi posle večere ostao s njom po pola sata. Rastreseno bi prelistavao novine, govorio o radovima na imanju ili se raspitivao o njenim šetnjama. Zatim bi odlazio u svoj kabinet da radi.

Kako je mlada žena žalila za vremenom provedenim u paviljonu kraj fabrike *Sorben*!

Ona je patila zbog te njegove hladnoće, koju nije moglo da umanji njegovo ljubazno ponašanje niti trud da joj ispuni sve želje.

Zašto se on povlačio od nje? Ona se uzalud trudila da pronađe razlog. Ralf je ostao tajanstveno biće za svoju mladu ženu, a ona ga je volela i zamišljala kako lord Felborn žali što se oženio njom.

A ipak, Serena je to primetila prilikom posete člana parlamenta lorda Endrua Birnija dvorcu Lenbaro, Ralf je bio ponosan na nju. Pored toga, često ju je uveravao kako odlično obavlja svoju dužnost gospodarice dvorca i kako će imati velikog uspeha u svetu... Je li njegov ponos, dakle, bio zadovoljan tim brakom? Nije se brinuo za njeno srce puno ljubavi, koje je toliko patilo zbog njegove hladnoće.

Još jednom se setila svega toga dok je rastreseno vezla kraj jezera obasjanog suncem.

Njene misli iznenada je prekinuo Nelin glas.

– Ledi Serena, evo lorda Felborna!

Serena je podigla glavu i primetila svog supruga kako im se približava.

Držao je u ruci pismo, koje je pružio svojoj ženi kratko otpozdravivši Nel, koja je ustala ugledavši ga.

– Evo pisma za tebe, Serena!

– To je od Emilijen. Mora da je sada na odmoru.

To je zaista bilo pismo od najmlađe Bekfordove ćerke. Ona je boravila u očevom domu. Pisala je Sereni kako je tužna kod kuće već nakon nekoliko dana, a sve zbog svoje bake, sestre i brata.

Pored toga, bolesna sam. Lekar kaže da sam slabokrvna. Ali Simon tvrdi da će to proći samo od sebe. Ja se, ipak, osećam vrlo loše i plašim se da ću uskoro umreti. Kad bi bar bila ovde, draga moja Serena! Ti si bila tako dobra prema meni. Uvek si me tešila! Ali i ti si ovde patila... Ipak, sad si barem srećna! Zbog toga se radujem. Baka i Simon su ljute što im ne pišeš. Kažu da si postala ohola... Ali ja sam sigurna da ti to nisi i da još voliš svoju malu Emilijen.

Sereni su navrle suze na oči... Sirota Emi, koliko je patila! Kad bi ona bar nešto mogla da učini za nju... Kad bi bar mogla da je pozove da na neko vreme dođe ovamo. Sigurno bi joj koristio ovaj svež vazduh.

Ipak, nije se usudila da to traži od Ralfa, tako neraspoloženog prema njenoj rodbini.

Lord Felborn se odmakao nekoliko koraka i posmatrao jezero. Začuvši kako je njegova žena ponovo savila pismo, on se okrenuo.

– Šta to piše tvoja rođaka, Serena? Ima li nešto novo kod Bekfordovih?

– Ništa... Gospođa Ridijer i Simon se ljute što im ne pišem...

– Kakva šteta! Zaista se mora priznati da su bezobrazne nakon što su onako postupale s tobom.

– Sada Emi podnosi njihovu zlobu. Sirota mala napisala mi je tako tužno pismo... Hoćeš li da ga pročitaš?

Pružila mu je pismo. Ralf ga je uzeo i preleteo pogledom po njemu. Zatim ga je vratio ženi.

– Da, sigurno je vrlo nesrećna... Ako bi ti bilo drago, Serena, mogla bi da je pozoveš kod nas na mesec ili dva.

Sreća je obasjala pogled mlade žene.

– Oh, Ralfe, ništa drugo mi ne bi bilo milije... To ti ne bi previše smetalo?

– Ni najmanje! Ukoliko ta devojčica nije nalik svojoj baki i sestri.

– Sigurno nije! Inače ja ne bih mogla toliko da je volim.

Ralf se nasmejao.

– Siguran sam! Dakle, dobro! Pozovi je! Pošalji pismo gospodinu Bekfordu... Oni drugi će biti besni! Te žene bi mogle da spreče siroto dete da dođe ovamo.

– To ne bi bilo nemoguće... Moj rođak im mora s najvećom hrabrošću nametnuti svoju volju.

– Hoće li mu poći za rukom? Videćemo... Hoćeš li doći?

Serena je spremila ručni rad i odgovorila:

– Da! Već je pet sati. Odvešću Nel majci.

Lord Felborn je nabrao čelo. Pogledao je nimalo nežno dete koje je stajalo kraj njega nemo, spuštenih očiju.

Ralf je pružio ruku ženi i pomogao joj da ustane. Zatim je naredio devojčici:

– Kreni ispred nas, mala!

Pošli su puteljkom s desne strane jezera. Dugi zraci sunca obasjavali su zelenu površinu vode, nabranu zbog laganog povetarca. Ralf, koji je išao iza svoje žene, prišao joj je kad se put raširio. Rekao je nezadovoljno:

– Prečesto se srećeš s gospođom Odli uprkos mojim upozorenjima.

Ona ga je ozbiljno pogledala.

– Možda je to istina. To radim zbog deteta... Pored toga, nisam htela da odbijem ljubaznost te mlade žene...

On se podrugljivo nasmejao.

– Siguran sam da je u dubini duše čak i žališ... Pazi! Ja je dobro poznajem. Sposobna je na sve da bi ostvarila svoj cilj. Shvatila je da si dobra i da te njeno dete zanima... Zbog toga igra ulogu tužne udovice, majke zabrinute zbog budućnosti svog deteta, hrabre žene koja se bori protiv nesreće što ju je zadesila... Da, ja to dobro shvatam.

Ponovo se nasmejao.

– Kakva komedijašica! Ali ja sasvim dobro shvatam da je uspela da te zavara... Ipak je bolje da te ja na to upozorim. Onda ćeš lakše shvatiti zašto ja tako postupam prema njoj. Ona i ja bili smo vereni pre šest godina.

Serena nije mogla da suspregne uzvik iznenađenja:

– Vereni?

– Da... Uostalom, ne predugo. Nikome još nismo ništa rekli, kad je na poziv ujaka Henrija stigao Emil Odli i nastanio se u dvorcu. Džejn mu se odmah svidela... a i ona je ubrzo počela da shvata kako je on budući lord Felborn, naslednik jednog od najvećih imanja u Engleskoj. Meni je bilo suđeno da ostanem Ralf Hoton, čovek bez ikakve imovine. Kako je mogla tome da odoli? Otputovala je kod prijateljice u London i odande mi poslala pismo, pravo remek-delo licemerja. Htela je da raskine našu veridbu. Pisala je kako se prevarila verujući da me voli, ali da prema meni gaji samo sestrinska osećanja. To je klasičan izgovor u takvim slučajevima...

Prezirno se nasmejao... Serena ga je slušala s neizmernom pažnjom.

– I ja sam se, uostalom, prevario. Oči su mi se smesta otvorile i shvatio sam, doduše dosta kasno, reči svoje majke. Ona nije volela Džejn i govorila mi je: „Bojim se da je to dete u duši pokvareno." A tako je zaista i bilo. Džejn Delson, ta podla žena bez srca, poigrala se mnome. Žudela je za luksuzom i nije ni na tren oklevala da me žrtvuje zbog svojih ambicija.

Serena je rekla glasom koji je gušio prezir:

– To je odvratno! Shvatam, Ralfe, da joj to nisi mogao oprostiti... Sigurno si mnogo patio! Naročito ako si je voleo.

Njegov smeh je bio pun sarkazma.

– Da, onako kako već može voleti mladić od dvadeset četiri godine, pun iluzija, verujući u hiljade gluposti. Na prvom mestu u iskrenost ženskog srca. Ah! Džejn je uspela da me razuveri! Stekao sam iskustvo. Što se pak nje tiče, verujem da shvataš zašto je tako dobro poznajem.

– Da, shvatam!

– A shvataš valjda i to kakav treba da bude tvoj odnos prema toj ženi. Izgubila je muža i sve ono što je postigla izdajom. Sada mora da gleda svog bivšeg verenika kao naslednika Felbornovih. I tebe kako uživaš u tom bogatstvu o kome je ona sanjala. Naravno, ona te sigurno mrzi... i pokušaće da ti učini nešto nažao.

– Zar zaista to misliš, Ralfe?

– To je prirodno kod osobe kakva je ona.

– Od sada ću se čuvati... A i tako mi nije bila draga. Samo mi je ovo dete milo i voli me...

– Da, to je šteta. Ali trebalo bi i devojčicu malo-pomalo udaljiti od tebe, zbog majke.

Mala Nel je išla ispred njih vodeći Triba. Serena ju je pogledala i tužno primetila:

– Jadna mala Nel!

Ralf je ironično dodao:

– Gospođa Odli se služi njome samo da bi izazvala tvoju samilost. Ona je tako pokvarena i spretna! Njenu podlost znaju samo oni koji su je iskusili na sebi, kao ja. Ali tada je čovek dobro upozna, uveravam te.

– Istina je, da me nisi upozorio da je se čuvam, ja bih je možda smatrala čak i iskrenom... Ali od našeg prvog susreta mi se nije sviđala.

– Da, kod nje postoji nešto odbojno... Ti se tako razlikuješ od nje... bar zasad...

Serena je iznenađeno pogledala svog supruga.

– Kako to zasad?

On je oklevao, a onda se hladno i podrugljivo nasmejao.

– Ko može da tvrdi da se i ti nećeš za nekoliko godina promeniti i postati prevrtljiva i zla kao i sve druge žene?

– Oh, Ralfe!

Lord Felborn je zadrhtao pod bolnim pogledom njenih baršunastih očiju. Pogled mu je smesta postao blag, nasmešio se, uhvatio ruku svoje mlade žene i gurnuo je pod svoju.

– Ne shvataj moje reči tragično! Siguran sam da ćeš ostati iskrena i poštena kao što si i sada. Između tebe i Džejn Odli uvek će postojati ponor... Jesi li primetila kako se molila u crkvi?

Serena je klimnula glavom.

– Uvek je izigravala veliku pobožnost.

Nekoliko trenutaka su hodali ćutke. Zatim je Ralf podrugljivo primetio:

– Da bih ti potpuno objasnio ko je Džejn Odli, pokazaću ti nešto.

Iz džepa svog odela izvadio je papirić i razmotao ga pred ženinim očima.

– Evo računa njene krojačice. Poslat je nedavno gospođi Odli, a ona mi ga je dostavila. Ja sam platio sve račune iz vremena pre smrti mog brata, pa je sada htela ponovo da vidi hoću li platiti... Šta kažeš na to, Serena? Zar ta žena ne poseduje ni najmanje ponosa kad je, osetivši sav moj prezir od prvog dana mog dolaska u Lenbaro, mogla da uradi nešto takvo samo da bi zadovoljila svoju želju za luksuzom?

Serena je iznenađeno promrmljala:

– Zar je to moguće?! Nakon onoga što ti je uradila? Zar ništa ne shvata ili je...

– Cinična? Ta druga tvrdnja je ispravna. Na njenu nesreću, ja sam je prozreo. I zbog toga ću joj smesta vratiti račun koji je zalutao do mene. Shvatiće i to se više neće ponoviti. Bar se nadam.

Stavio je papir u džep i nastavio, pogledavši uzbuđeno lice svoje žene:

– Nemojmo više pričati o toj nezanimljivoj osobi... A budući da se nalazimo blizu nove kuće Molvelovih, posetimo ih.

14.

Na šumovitoj zaravni iznad bistre rečice koja je tekla parkom uzdizala se tek napravljena visoka kuća. Lord Felborn ju je namenio porodici svog vernog Kristofera. Sve do sada Molvelovi su stanovali u vrlo skromnoj kućici. Ralf je znao koliko Kristofer voli svoju sestru Ester i svoje sestriće, pa im je na taj način omogućio prijatan život.

Ester Molvel je stajala na pragu kuće sa svojom ćerkom Dženi kad su se pojavili Ralf i Serena. Odmah im je prišla odajući im najveće poštovanje. Zajedno s njom, lord i ledi Felborn razgledali su još nenameštenu kuću, dok je Nel ostala sa Dženi, koju je veoma volela... Izlazeći, Ralf je rekao svojoj supruzi pokazujući mladu devojku:

– Da li bi volela da ti ta mlada devojka postane druga sobarica? Kristofer mi je rekao da ona sanja o tome.

– Vrlo rado!

– Dakle, dogovorili smo se? Pristajete li, gospođo Molvel?

– Naravno, to je za nas čast i velika radost.

Dok su Ralf i Serena odlazili, majka i ćerka su ih pratile pogledom. Dženi je oduševljeno rekla:

– Kako je ona lepa, majko! Ima predivne oči... Ona potpuno odgovara lordu Ralfu i njegovoj otmenost.

Ester je klimnula glavom.

– Da, ali tvoj ujak Kristofer kaže da gospođa nije baš srećna. Ne zbog toga što lord Felborn nije dobar prema njoj... Ali ipak nije onakav kakav treba da bude. A ona je tako ljupka! Neke stvari je teško shvatiti.

Kuća Vajt nalazila se na pet minuta od kuće Molvelovih. Kad su se Ralf i Serena približili, do njih je dopro zvuk klavira.

Nakon što je nekoliko trenutaka slušao, lord Felborn je rekao sa suvim smeškom:

– Svira jednu Mendelsonovu romansu. Nekad mi je to bila omiljena kompozicija. Kakva slučajnost! Pitam se da li je vidovita. Slušaj! Kako divno nijansira! Kako lagano svira... Ovde zna da izrazi osećanja koja nikad nije imala.

Nel, koja je trčala ispred njih, pozvonila je na vrata kuće. Ledi Doroti im je otvorila vrata. Trgla se videvši posetioce. Zatim joj se smesta na usnama pojavio ukočen smešak.

– Došli ste u posetu usamljenici? Biće oduševljena!

Ralf je mirno odgovorio:

– Ne, došao sam samo da ispravim grešku.

Klavir je zanemeo. U malom predsoblju pojavila se nasmešena Džejn, predivna u svojoj jednostavnoj crnoj haljini.

– Lord i ledi Felborn! Kakvo divno iznenađenje! Molim vas, uđite!

– To nije potrebno, gospođo Odli! Hteo sam samo da vam predam ovaj račun. Greškom je zalutao na moju adresu.

Pružio joj je račun koji je nešto ranije pokazao Sereni.

Džejnine obraze je oblilo rumenilo i Sereni se učinilo kao da su joj usne zadrhtale.

Mlada udovica je zbunjeno uzviknula:

– Oprostite! Kakva glupa greška! Molim vas, oprostite mi! Verovatno je krojačica izgubila moju adresu.

– Bez sumnje. Moći ćete to da ispravite.

– Naravno, i to smesta! Iako to nije važno, jer mi njene usluge još dugo neće trebati.

Rekla je to ozbiljnim glasom punim skromnosti. Zatim se ponovo nasmešila i upitala:

– Hoćete li mi učiniti zadovoljstvo i popiti čaj s nama?

– Žao mi što to moram da odbijem. Moja žena i ja odmah se vraćamo u dvorac.

Njegov hladan glas nije dopuštao prigovore.

Džejn se obratila Sereni:

– Draga ledi Serena, nagovorite lorda Felborna! Bila bih tako srećna kad bih mogla da vam ponudim svoje skromno gostoprimstvo.

Serena je hladno odgovorila:

– To nije moguće, gospođo Odli!

Brzo su se oprostili od mlade žene i ledi Doroti. Kad su se udaljili nekoliko koraka od kuće, Ralf se okrenuo prema Sereni.

– Sada si i sama videla... Ćušnuo sam je, a ona je bila samo još ljubaznija. Zaista divno!

Podrugljivo se nasmejao.

Serena je šapnula:

– Ne shvatam kako se usuđuje... Zaista, Ralfe, da mi ti nisi to rekao, ne bih verovala da je među vama postojao takav odnos.

– Ona odlično igra svoju ulogu. Ali voleo bih da znam jedno: da li joj je Doroti zaista saučesnica. Jesi li primetila koliko su bliske?

– Da! Ledi Doroti gotovo svakog dana dolazi kod gospođe Odli. Očito je veoma voli.

– Tako je uvek i bilo. Doroti je zbog svoje prirode kao stvorena za sporazum s tom ženom. Sabina, kao ni moja majka, nikad nije volela Džejn.

Serena je primetila:

– Mislim da je sirota Sabina bolesna. Ponekad je toliko bleda da se ne može slutiti ništa dobro. A nekad je i vrlo umorna.

– Da, primetio sam to. Ipak, rekla mi je da se ne oseća gore. Ona je dobra žena...

Nakon nekoliko trenutaka tišine nastavio je odlučnim glasom:

– Reći ću Doroti da mi se to njeno prijateljstvo ne sviđa, pa će morati da bira između dvorca Lenbaro i kuće Vajt.

Serena je odgovorila:

– To je možda preterano i previše okrutno.

On ju je ironično pogledao:

– Misliš li da sve žene imaju tako osećajno srce kao ti? One ne mogu da pate. Bar ne tako kako ti to zamišljaš. Njih povezuju zajedničke greške i zajednička mržnja.

– Mržnja? Zašto bi ledi Doroti mrzela?

– Kako bih ja to mogao da znam? Ima bića koja gaje mržnju celog svog života. Takva je i Doroti. Mrzela je lorda Felborna jer je zavisila od njega, moju majku jer je bila dobra i jer joj je lord Felborn ukazivao veliku pažnju... mene jer sam bio iskren. Sad me mrzi zbog toga što sam uništio snove njene ljubimice Džejn... Što se tebe tiče, Serena...

Pogledao je njeno ljupko lice s tako ozbiljnim očima.

– Što se tebe tiče, iako su ljubazne prema tebi, sigurno im nisi draga. Zbog toga se čuvaj! Drži se diskretno podalje od prve. A što se druge tiče... okreni joj leđa ako možeš! Ona ništa drugo ne zaslužuje.

Serena je zamišljeno rekla:

– Žao mi je zbog male. Čini mi se da je već neko vreme tužna.

– Sigurno je za to kriva njena majka.

– Ne znam... Kad sam je pitala, učinila mi se zbunjena i nisam mogla dobiti odgovor od nje.

– Sasvim je jasno: naučile su je šta joj je zadatak. Ne sme da priča ništa što je videla ili čula u kući Vajt. Bes nežne Džejn, njene razgovore s ledi Doroti i tako dalje... Mala ne zna šta bi odgovorila na tvoja pitanja. Boji se.

– Misliš da je tako?

– To je sasvim jasno. Zbog toga nemoj da učestvuješ u toj komediji u kojoj i to dete nesvesno igra ulogu.

– Da, to ti obećavam...

Duboko uzbuđena, mlada žena je dodala:

– Sirota mala Nel!

– Žao mi jer te ona zabavlja... Ali naći ćeš i drugu zabavu. Za nekoliko dana proći će naša najdublja žalost, pa ću te odvesti u posetu najuglednijim ljudima u okolini. Moći ćeš da učestvuješ u nekim prijemima, pa čak i da ih priređuješ u dvorcu, jer mi u Engleskoj nismo tako strogi što se tiče žalosti.

Serena je šapnula:

– Ne znam hoće li me to zabavljati...

– Šta to govoriš?

– Biću nespretna... Nisam naučena na društveni život...

On je odgovorio s laganom ironijom:

– Nespretna?

Obavio je pogledom mladu ženu, neizmerno otmenu u svojoj crnoj haljini od fulara ukrašenoj vezom. Poslednji zraci sunca obasjavali su harmonične crte lica i blagi sjaj njenih crnih baršunastih očiju.

Ralf je odvratio pogled od nje i podrugljivo dodao:

– Šališ se, draga moja! Kad bih znao da laskam, sigurno bih to sada učinio. Ali to nije potrebno. Vrlo brzo ćeš shvatiti šta misle o tebi i tvoja nesigurnost će nestati.

Njegova ironija je bila neprijatna za mladu ženu. Ćutke je hodala ispred svog supruga. Ubrzo su stigli do dvorca i svako je krenuo u svoje sobe. Besi je počela da oblači Serenu za večeru. Pritom joj je rekla da se ledi Sabina loše osećala tog poslepodneva i da večeras neće napustiti svoju sobu.

– Već neko vreme se vrlo loše oseća – dodala je. – Ona je tako tužna... Sigurno zbog svoje gluvoće. A uz to još boluje i od srca... Da, čini mi se da je teško bolesna.

Čim se obukla, Serena je, videvši da joj ostaje još petnaest minuta do večere, krenula do ledi Sabine. Ona je sa svojom sestrom stanovala u zapadnom krilu dvorca. Njena soba je bila prostrana i nameštena udobnim starinskim nameštajem. Gledala je na vrt. Serena ju je našla kako sedi u naslonjači.

U tužnim očima ledi Sabine pojavilo se zadovoljstvo kad je ugledala mladu ženu.

– Kako je lepo od vas što ste došli! Osećam se bolje čim ugledam vaše mile i nežne oči!

Serena je sela kraj nje i uhvatila njenu finu ruku.

– Žao mi je što sam se vratila tako kasno. Inače bih već ranije došla kod vas.

– Šetali ste, draga moja?

– Išla sam po Nel, pa smo ostale kraj jezera. Zatim je došao Ralf. Kako je morao da kaže nešto gospođi Odli, odveo je zajedno sa mnom dete kući. Nakon toga smo se vratili u dvorac.

Na čelu ledi Sabine pojavila se bora.

Zapitala je oklevajući:

– Često posećujete Džejn?

– Prilično često, zbog Nel, koju vrlo volim. Ali majka mi nije simpatična, a Ralf mi je danas ispričao sve o njoj. Mislim da ću pokušati da prekinem svaku vezu s njom.

– Rekao vam je? Znači, saznali ste? O njihovoj veridbi? Ona ju je prekinula vrlo podlo.

– Da, to mi je rekao.

Ledi Sabina je odmahnula glavom. Na njenim bledim usnama pojavio se preziran smešak.

– Shvatam da Ralf ne može da zaboravi takvu uvredu... Odbacila je takvog čoveka zbog Emila Odlija! I to nakon što mu je obećala večnu vernost! Kako je podlo srce te žene!

– Da, zaista! Ja to ne mogu da shvatim.

Ledi Sabina je duboko dirnuta pogledala mladu ženu.

– Da, vi to ne možete da shvatite jer niste takvi... U vašim očima vidi se samo poštenje. Vi ne možete biti podli! Vi ste dobri! Ralf mora da je veoma srećan s vama!

Serena je polako odvratila pogled i njeno lepo lice je lagano zadrhtalo.

Srećan? On joj nikada to nije rekao.

Osetila je pogled ledi Sabine na sebi, pa se prisilila da se nasmeši i kaže:

– Laskate mi!

– Ne! Čak sam sigurna da poznajem samo deo vaših vrlina. Ali vratimo se na Džejn. Moram vas upozoriti: čuvajte se! Ona vas mrzi.

– Ralf mi je rekao to isto.

– Dobro je učinio... Ja malo govorim, ali previše toga primećujem. Tako sam shvatila i nekoliko opasnih pogleda koje vam je ta žena uputila. Ne zavaravajte se: ona će učiniti sve da vam nanese zlo.

Nastala je duga tišina... Serena je zamišljeno gledala oko sebe. Posmatrala je stari nameštaj utonuo u mrak u smiraj dana. Ledi Sabina ju je tužno gledala. Njene ruke, prekrštene na krilu, lagano su zadrhtale, a njeno lice je poprimilo pepeljastu boju.

Serena je na svojim usnama osetila pitanje: „Je li on tu ženu voleo?" Nije se usudila da ga postavi... Pored toga, učinilo joj se da je ledi Sabina umorna, a i vladao je sumrak, pa ona više nije mogla da prati pomeranje usana svoje sagovornice.

Serena ju je napustila i sišla u trpezariju. Ralf je tamo razgovarao s ledi Doroti. Primetivši izraz njenog lica, mladoj ženi je odmah bilo jasno da je izrazio svoje nezadovoljstvo zbog njenih čestih poseta gospođi Odli... Ali nije primetila pogled pun mržnje koji joj je u prolazu dobacila stara gospođica.

15.

Ralfovo otkriće objasnilo je njegovoj ženi izvesne osobine njegovog karaktera. Onu sumnju u vezi sa ženskim osećanjima koju je više nego jednom iskazao.

Budući da se jedna žena poigrala njime i prekršila svoje obećanje zbog ljubavi prema bogatstvu i luksuzu, on je, čini se, sada zamišljao kako su sve žene sposobne za to.

Zar nije govorio Sereni kako očekuje da će se i ona promeniti nakon nekog vremena?

Nekadašnje razočaranje usadilo je u njegovu dušu otrov nepoverenja. I tako je ta žena bila kobna za njega po mnogo čemu.

Još jedan bol ophrvao je Serenu: ona ljubav koju joj on nije poklanjao pripadala je jednom nekoj drugoj... I sudeći prema snazi njegovog razočaranja, koje ni godine nisu mogle zbrisati, on je svim srcem voleo tu lukavu i pohlepnu ženu.

A ona, koja ga je nežno volela i bila spremna da podnese zbog njega sve žrtve, nije nalazila kod njega ništa do nepoverenja, ploda njegovog razočaranja.

Serena je morala da skupi svu svoju snagu kako bi savladala osećaj prezira prema Džejn Odli... Da nije bilo Nel, rado bi odlučila da nikad više ne sretne mladu udovicu iz kuće Vajt.

Pisala je Emilijen i pozvala je u Ralfovo ime. Devojčica je odmah odgovorila, sva srećna što će moći da provede neko vreme kraj svoje voljene Serene, daleko od zanovetanja bake i sestre. Ove su se, besne što lord Felborn nije pozvao i njih, svim silama trudile da spreče njen odlazak. Ipak, gospodin Bekford je ovoga puta bio odlučan jer je primetio koliko je njegova ćerka slaba, pa su se obe žene morale de se pokore.

Dakle, za osam dana ću biti kraj tebe, mala moja Serena, pisala je Emilijen. *Papa, budući da sam tako slaba, želi da me doprati do Londona. Tamo će me smestiti u voz, pa se nadam da ću bez zadržavanja stići u Tringam.*

Kad mu je žena pročitala pismo, Ralf je izjavio:

– Moramo da pozovemo tvog rođaka na nekoliko dana kod nas. Ne možemo drugačije da postupimo.

Ona je primetila:

– Ne bih htela da ti zadajem neprilike zbog toga.

– Ni govora! Nikad nisam zamerao gospodinu Bekfordu ništa osim njegove slabosti. To mu je bila krivica, što su ga one žene mučile. Inače bih prema njemu imao samo najtoplija osećanja.

Nekoliko dana nakon toga Ralf je poveo svoju ženu u posetu.

Serena je već upoznala sve te ljude za vreme sahrane lorda Henrija i kad su došli u dvorac da izjave saučešće. Sada su ih svi primili vrlo srdačno. Lord Felborn je bio najvažnija ličnost u tom kraju. Posedovao je povlastice i neka isključiva prava koja niko nije ni pomislio da osporava.

Serena nikad nije bila ljupkija nego sada u svojoj beloj haljini. Ralf to bez sumnje nije primetio, jer s njegovih usana nije sišla nijedna reč divljenja, kao što se nekada događalo. U povratku se mladoj ženi učinilo da je rastresen, gotovo zlovoljan.

Dolazak Emilijen potisnuo je na neko vreme Serenine brige. Devojčica je sva oduševljena odmah izjavila kako će tu sigurno ozdraviti. Ipak, Serena je pomislila da se ona vrlo promenila. Njeno ionako mršavo lice još više je smršalo. Koža joj je bila žućkasta, a oči tužne.

Emi se odmah svidela lordu Felbornu. Simpatija je bila uzajamna.

– Kako je divan tvoj muž! – neprekidno je ponavljala devojčica dok joj je ona pokazivala njenu sobu. – A kako je tek ljubazan... Baka i Simon mi ga nisu takvog opisale. Zamisli, rekle su mi da ću požuriti da se vratim jer će mi brzo biti dosta prigovaranja lorda Felborna i tvog ponašanja.

Zagrlivši svoju rođaku, Emi je dodala nasmešivši se:

– Što se tog poslednjeg tiče, nisam im verovala. Ti nisi mogla da se promeniš... A što se lorda Felborna tiče, sada sam sasvim mirna. Već sam ionako verovala da se radi o ljubomori.

I gospodin Bekford je bio oduševljen. Divio se dvorcu. Za vreme njegovog četvorodnevnog boravka Ralf ga je vodio po svom posedu i on je otputovao uveren da je njegova bivša štićenica sada najsrećnija žena na svetu.

Sutradan, na povratku sa mise, kojoj je sada gotovo svakodnevno prisustvovala, Serena je srela svog supruga kad se vraćao sa svog redovnog jahanja.

Dobacio je uzde konjušaru i prišao joj je da joj pomogne da siđe sa lakih kočija u kojima se vozila. Dok su se uspinjali stepeništem u predvorje, Ralf s blagom ironijom reče:

– Postaješ sve gorljivija, ili mi se čini? Postaćeš uzor katoličanstva, kao nekada „pobožna" gospođica Dolson.

Mlada žena pocrvene i zastade da ga pogleda pravo u lice dok mu je odgovarala drhtavim glasom:

– Zar bi pomislio da ja igram takvu komediju posvećenosti?

On se strese u znak snažnog protesta.

– Oh, ne, ne! I ne pomišljaj tako nešto, Serena. Nikada ne bih ni pomislio da te tako uvredim. U vezi s tim verujem da si apsolutno iskrena.

– U vezi s tim? A u vezi s drugim stvarima?

Braon oči su se zamutile s naletom osećanja pomešanih sa stidom.

Sa usiljenim osmehom, Ralf je odgovorio:

– I u vezi sa svim ostalim, draga moja prijateljice. Ne boj se, i ne pomišljam da bi mogla biti kao Džejn Odli!

U dnu predvorja, primetili su žensku figuru. To je bila ledi Doroti, koja je delovala zabrinuto.

Ona ih je obavestila:

– Pozvala sam doktora Dagvila zbog Sabine. Provela je vrlo lošu noć i od jutros se neprekidno guši.

Kad se Serena presvukla, odmah je krenula kod bolesnice. Ona ju je primila sa smeškom na bledim usnama.

– Dobri ste što dolazite kod mene... Hvala vam...

Reči su bile prekidane teškim disanjem.

– Ralf će takođe brzo doći – kazala je Serena stiskajući pruženu ruku.

– I Ralf je tako dobar... Ja ga mnogo volim... mnogo.

Bledim licem je prošao grč i plavkasti kapci su se na trenutak spustili.

– I on voli vas. Već mi je pričao o vama tamo u našem malom paviljonu. Pokazao mi je vašu fotografiju...

Mlada žena je zastala. Zaboravila je na trenutak na gluvoću stare gospođice, pa je uzalud govorila jer je ova zatvorila oči.

Ali kapci su se podigli i ledi Sabina je tiho rekla:

– Da, moju fotografiju... Odneo ju je zajedno sa onom lorda Henrija kad je napustio dvorac...

Mlada žena je iznenađeno pomislila: *Ona, dakle, čuje bolje nego što mi mislimo... Govorila sam čak i tiše nego obično...*

Ledi Sabina je nastavila svojim sipljivim glasom:

– I za to je bila kriva Džejn... Znala je da zavara lorda Henrija, koji ju je voleo, pa je to iskoristila protiv Ralfa u času kad je došlo do nesporazuma između njega i lorda Henrija. Malo nakon svoje veridbe sa Emilom uspela je sasvim da posvađa njih dvojicu iako su se mnogo voleli...

Bolesnica je zastala... Serena ju je pažljivo slušala. Tako je želela da zna šta se zaista dogodilo... Ipak je primetila:

– Umorićete se!

– Ne... Lakše mi je kad sve to mogu da kažem... Rekla sam da ih je ona zavadila... Ali lord Henri nije ostao dugo u zabludi... Ubrzo nakon Emilovog venčanja on je postao hladan prema Džejn uprkos njenom ulagivanju. Činilo mi se kao da je zažalio što se posvađao s Ralfom... Ali bio je suviše ponosan da bi ga pozvao nazad... U svom poslednjem času izgovorio je Ralfovo ime. Bila sam prisutna, čula sam...

Zastala je i promrmljala nekoliko nerazgovetnih reči dok joj je lagano rumenilo oblilo obraze.

– Htela sam da kažem... Doroti mi je ponovila njegove reči... A i ja sam čitala s njegovih usana...

Njeni prsti su počeli da gnječe pokrivač od finog platna.

U tom trenutku je neko pokucao. Ralf je došao da se raspita o zdravlju svoje rođake.

Ona je odgovorila podigavši glavu:

– Nije mi dobro... Srce me guši... Ne može se ništa učiniti. To sam dobro shvatila uprkos lekarevim rečima... Možda ubrzo...

Izraz njenog lica se izmenio i oči su odavale užas.

Rekla je zadrhtavši:

– Plašim se smrti!

Serena je stegla njene tople ruke.

– Bog će vam se smilovati!

– Za mene nema milosti!

Te reči su joj poput šapata prešle preko usana.

Serena se pobunila:

– Svi ćemo naći milost! Osim toga, draga moja rođako, ne verujem da ste vi počinili neki težak greh.

Bledo lice je ponovo zadrhtalo, kapci su se na časak pognuli i Sereni se učinilo kao da je u njenim modrim očima ugledala strašno beznađe.

Zatim ih je smesta zatvorila i šapnula:

– Bog će mi suditi!

16.

Zdravlje ledi Sabine se nakon dva dana nešto poboljšalo.

Serena ju je često posećivala i nadzirala da li dobija sve što je potrebno. Njena briga je tešila bolesnicu, kao i Ralfova briga za nju. Ali čim bi joj prišla njena sestra Doroti, lice bi joj se promenilo, postalo bi tužno i bolno, a usne bi otvarala samo da bi kazala pokoju reč.

Kao da ju je neprekidno progonio neki strah... Jednog dana rekla je Sereni:

– Oh, kako ste srećni što se ispovedate! Možda niste ni svesni neprocenjive moći koju imate.

Serena je ganuto rekla:

– Ali možete i vi, rođako! Sve što treba da uradite jeste da prepoznate da je u katoličanstvu istina i da odbacite greh. Onda će vam se dati oprost kao i nama.

Ledi Sabina je sklopila ruke šapćući:

– Ah, oproštaj! Oproštaj!

Serena bi se ponekad pitala da li neki težak greh opterećuje savest bolesnice. Ali nije se zadržavala na toj pomisli. Činilo joj se mnogo verovatnijim da je sve to plod jedne pomalo pomućene pameti.

Mlada žena se mnogo brinula i za Emilijen. Izvozila bi se često u kočiji s njom. Malo se viđala s mužem jer je on po ceo dan bio zaokupljen radovima u dvorcu. I dalje je prema njoj bio isto onako pristojan i hladan... Iz svega toga, a i onoga što je saznala u poslednje vreme, Serena je posumnjala da se on oženio njom samo zbog toga da bi se osvetio Džejn Odli.

Trudila se da odbaci tu misao, ali ona joj se neprekidno vraćala i zaokupljala njeno srce.

Nije se više govorilo o stanovnicama kuće Vajt. Serena je izbegavala šetnje u tom smeru... Ali često bi se setila male Nel, uverena da dete nije srećno kraj svoje majke.

Jednog poslepodneva dok je bila kraj Sabine, u sobu je ušla uzbuđena Debora, sobarica starih gospođica.

– Miledi... Doveli su lorda Felborna. Povređen je!

– Povređen?

Serena je vrisnula i istrčala iz sobe. Nije kasnije znala kako su je njene uzdrhtale noge odvele niz stepenice.

U predsoblju je na podu ležala nosiljka. Na njoj je bio ispružen Ralf, okružen uzbuđenom poslugom. Krvavi zavoji obavijali su mu glavu. Ali bio je svestan... Ugledavši svoju ženu, potrudio se da se uspravi rekavši živahno:

– Nije ništa, Serena! Ništa!

Ona ga je uhvatila za ruku i posmatrala sva užasnuta.

– Šta se dogodilo, Ralfe? Moramo smesta da pozovemo doktora Dagvila.

Ona je te reči uputila posluzi. Neko od njih je odgovorio:

– Već smo poslali automobil u Tringam.

– Odnesite lorda Felborna u njegovu sobu i obavestite Kristofera.

Nakon prvog uzbuđenja mlada žena se trudila da se smiri. Vrlo spretno je pomagala vernom Kristoferu, a zatim i doktoru, koji je brzo stigao.

Nesreća se dogodila kad je Ralfu na glavu pao stubić za vreme njegove posete električnoj centrali koju su podizali blizu reke.

Doktor Dagvil je izjavio:

– Prava je sreća što se nije dogodila teža nesreća. Rana je duboka, ali nije mnogo opasna. Potreban je samo odmor, pa će lord Felborn moći nakon nekoliko dana ponovo da obavlja svoje uobičajene poslove.

Ralf je odbio da preko noći bilo ko boravi kraj njega... Ipak, oko ponoći se ženski lik u beloj kućnoj haljini ušunjao u njegovu sobu. Serena je prišla njegovom krevetu želevši da se uveri da li spava ili mu je možda nešto potrebno.

Nagnula se nad Ralfom, koji ju je posmatrao grozničavih očiju.

– Serena, daj mi malo kinina, čini mi se da imam groznicu.

Mlada žena je ustanovila da govori istinu... Spremila mu je kinin i odlučno izjavila kako će provesti noć kraj njega u naslonjači.

Ali Ralf je odgovorio:

– Ne, ja to ne želim! Zašto bi se ti tako umarala? Siguran sam da Kristofer spava obučen. Čim pozvonim, on će...

– Verujem u Kristoferovu odanost. Ipak, rado ću se brinuti o tebi.

Nagnula se nad njim i stavila svoju hladnu ruku na njegovo goruće čelo pogledavši ga s mnogo nežne ljubavi.

On je zadrhtao. Podigao je ruku, dohvatio njenu i prislonio je na usne. Zatim je rekao promuklim glasom:

– Dobro, dakle, ostani, moja mala Serena!

Smestila se u naslonjaču kraj njegovog kreveta. On se nije pomerao. Ali svaki put kad bi ga Serena pogledala, srela je njegov pogled, koji bi odmah odvratio od nje.

Nakon nekog vremena spustila je svoju lepu glavu i zaspala nemirnim snom... Tada je njegov pogled nije više napuštao, sve dok i on sâm nije zadremao.

Kao što je doktor Dagvil predvideo, narednih dana njegovo zdravlje se popravljalo. Mogao je da ustane, da sedi na terasi, čita i piše. Serena ga nije napuštala. Činilo se kao da pogađa sve želje svog supruga. On je cenio njeno prisustvo, nalazeći nežne reči da bi joj zahvalio. Ponekad bi je toplo pogledao i našao koju toplu reč. Ali činilo se kao da bi odmah zatim zažalio.

Emilijen bi takođe često sedela kraj njega i srdačno bi razgovarali. Devojčica je već bolje izgledala i postala je veselija. Ralf je zadovoljno to rekao svojoj ženi.

Serena je odgovorila:

– Na tome može tebi da zahvali. Da je ostala kraj bake i sestre, sasvim bi propala... Moram da ti kažem kako ti je ona vrlo zahvalna.

Ponekad bi i komšije dolazile u posetu lordu Felbornu, raspitujući se o njegovom zdravlju. Među njima je Ralf naročito cenio ser Valerijusa Berneta, gospodara dvorca Vizmarč. Bio je to razborit, pošten čovek s kojim se moglo lepo razgovarati. Sereni su se sviđale njegova žena i ćerke jer su bile jednostavne i ljubazne. Zbog toga su ih češće pozivali na čaj u dvorac Lenbaro.

Ledi Doroti i njena sestra držale su se po strani. Prva verovatno zbog toga što je smatrala da je Ralf baš ne voli, a druga, ledi Sabina, zbog svog i dalje slabog zdravlja.

Jednog jutra, kad je došla da se raspita kako je Sabina provela noć, Serena je našla staru gospođicu tužniju nego inače.

Odgovorila je kratko na pitanje o svom zdravlju. Bolno je pogledala mladu ženu... Sklopivši ruke, iznenada je promrmljala:

– Molite se za mene, Serena! Molite se! Taj teret na mojoj savesti! To je strašno! Kad biste znali!

Počela je teško da diše i pala na jastuke gušeći se.

Serena je pozvala sobaricu i pružile su bolesnici potrebnu pomoć. Ubrzo je kriza prošla i ona se smirila... Ali taj novi napad još više je oslabio ledi Sabinu. Ležala je sklopljenih očiju.

– Bojim se da moja sirota sestra neće još dugo! – primetio je Ralf kad mu je njegova žena sve ispričala. – Bolest naglo napreduje. Pored toga, doktor Dagvil i ne krije da ona može poživeti još samo nekoliko meseci.

Ralf i Serena sedeli su nakon večere na terasi ispred radnog kabineta. Francuski prozori bili su otvoreni, svetiljka je osvetljavala sobu, obasjavajući i ponosnu, još zavijenu Ralfovu glavu i zamišljeno Sereni-no lice. Lord Felborn je držao oči napola zatvorene. Ali ispod spuštenih kapaka posmatrao je ljupko lice svoje žene obasjano velikim španskim očima i okruženo čipkanom maramom koju je obavila oko glave.

Serena je tužno primetila:

– Poslednjih dana se tako promenila. Nešto je muči... Plaši se smrti. Ponekad mi se čini da joj težak teret pritiska dušu.

– Sumnjam u to! Život sirote Sabine bio je tako miran i jednoličan. Šta bi ona mogla sebi da prebacuje?

– To se i ja pitam... Koristila bi joj ispovest da se smiri. I sama to prepoznaje.

Ralf je sa osmehom rekao:

– Pa preobrati je, Serena!

Mlada žena prošaputa:

– Toliko se molim za nju!

I Serenin pogled je počeo da luta vrtom obasjanim mesečevim zracima. Na mesečini su se isticali mermerni kipovi kraj mirnog jezera i obrisi nepomičnog drveća.

Serena se iznenada digla s naslonjače i nagnula se preko ograde.

– Šta je to tamo? Ona mala senka što se približava... Vidiš li, Ralfe?

Sad je i on pogledao.

– Da... Čini i se da je dete...

– Sasvim malo dete odeveno u belo... Je li to Nel?

Govoreći to, mlada žena je ustala, sišla stepeništem s terase u vrt i počela da se približava neočekivanom gostu. To je stvarno bila Nel... Teško je disala i drhtala. Bacila se Sereni u naručje.

– Mala moja Nel! Šta se dogodilo? Šta je?

Dete je počelo da muca:

– Htela sam da vas posetim! Već je mnogo prošlo... Mama mi je zabranila... Rekla je da vi to ne želite...

– Pobegla si a da joj ništa nisi rekla?

– Da...

– To je ružno od tebe! Tvoja majka će biti uznemirena...

Ralf, koji je pošao za svojom ženom, podrugljivo se nasmejao:

– Hoće li?

Zapitao je dete:

– Kako si mogla da odeš a da te niko ne čuje?

Pogledala ga je plašljivo dok mu je odgovarala drhtavim glasom:

– Videla sam da je majka zaboravila da zaključa vrata pre nego što je legla. Kad je zaspala, ja sam tiho ustala, obukla se i sišla niza stepenice. Videla sam put po mesečini. Ali bojala sam se... tako sama... Jednom sam se okrenula, učinilo mi se da vidim mamu daleko za sobom... Ali to nije bila ona, jer je ona spavala kad sam otišla.

Ralf se ponovo podrugljivo nasmejao.

– Da... Ona je očigledno spavala... Mala moja, sluga će te odvesti nazad kući. Nadam se da nećeš ponovo pobeći.

Serena se pobunila:

– Ralfe, tako je kasno! Ne možemo je poslati kući... Umorna je i uzbuđena...

On ju je kratko prekinuo:

– Endru će je nositi. Svakako želim da ona još večeras bude kod svoje majke.

Mlada žena se nije usudila da mu se suprotstavi. Popela se na terasu stiskajući Nel u zagrljaju. Ralf je pozvonio i poslao slugu... Serena se nagnula i poljubila devojčicu, nežno joj rekavši:

– Vratićeš se sa Endruom, mila moja! Budi dobra i nemoj to više nikad da uradiš!

Nel je zajecala:

– Mama će se ljutiti... istući će me!

Ralf je procedio kroz zube:

– To bi bio vrhunac! Ali ona je sposobna za to.

Endru se udaljio s detetom u rukama. Nel je mahala Sereni, koja ju je pratila pogledom. Mlada žena je stajala kraj ograde na terasi. Ralf joj je prišao, stavio joj ruku na rame i nagnuo se prema njoj.

– Ponovo me smatraš okrutnim, Serena?

Pogledala ga je svojim lepim suznim očima.

– Ta sirota mala... Uradila je to iz ljubavi prema meni.

– I na nagovor svoje majke.

– Ralfe!

– Sigurno je tako... Evo kako se to odigralo. Već neko vreme Džejn Odli pokušava da pobudi u detetu želju za susretom s tobom. Neprestano joj govori kako ti više nećeš doći kod nje. Kad je videla da je postigla cilj, tobože je zaboravila da zaključa vrata... I mala je pobegla želeći da te vidi. Lako je mogla da joj nametne tu ideju. Majka je verovala da će je ljubazna ledi Felborn zadržati preko noći. Sutradan bismo videli užasnutu mladu majku, dirljivu u svom očaju. Suze, zahvaljivanja, uveravam te, ništa od toga ne bi nedostajalo... Lord Felborn će tada ponovo dopustiti zabranjene posete kući Vajt.

Serena je sva iznenađena slušala svog supruga.

– Kako to znaš, Ralfe?

– Ja to ne znam, samo nagađam... Nisam hteo da upadnem u njenu klopku. Žao mi je zbog deteta što sam morao tako da postupim. Ali moram zaključiti da se majka služi devojčicom.

Serena je prezirno rekla:

– To je ono što mi je najogavnije.

– U pravu si. Ali Džejn Odli je sposobna za svaku podlost... Čini mi se da te nikad nisam obavestio o rezultatima istrage o onim nestalim pismima.

Mlada žena je odmahnula.

– Nije mi bilo teško da dođem do zaključka da ih je ta žena uzela.

– Gospođa Odli... Zaista?

– Sva pisma se ubacuju u sanduče u predvorju. Za njega postoje dva ključa. Jedan od njih ima Džon, koji je zadužen da sva pisma preda poštaru. Drugi ključ je kod mene. Ali Džejn je mogla, još za života lorda Henrija, nabaviti još jedan. To mi je rekla Sabina. Ona je sva pisma koja mi je slala predavala u pošti u Tringamu. To je za nju obavljala Bekvintova, jer je ona bila nepoverljiva prema Džejn.

– Neverovatno!

– Od nje me ništa ne može iznenaditi.

– A zašto bi to uradila?

– Htela je da izazove neslogu među nama. Možeš zamisliti koliko ljubomore krije njeno srce. Tvoje mesto je ono o kome je ona sanjala, doduše kraj drugog čoveka, ali to za nju nije važno. Važno je da se radi o lordu Felbornu, mladom ili starom, lepom ili ružnom, pametnom ili glupom... Jer ona se pre svega udala za novac i titulu...

Nasmejao se s hladnim sarkazmom.

– A sada si ti ledi Felborn umesto nje. Draga moja Serena, zar bi ti htela da te ona ne mrzi?

Nagnuo se nad njom i dotakao usnama njeno toplo čelo. Serena je zadrhtala. Iznenadna sreća joj je ispunila srce... Čula je šapat svog supruga:

– Tako si me divno izlečila! Hvala ti, mila moja Serena!

17.

Sutradan ujutru predali su Sereni pismo gospođe Odli. Mlada udovica je izražavala žaljenje zbog događaja s Nel.

Zaspala sam veoma umorna i nisam ništa čula... Nadam se da se lord Felborn ne ljuti previše na sirotu malu koja je sve to uradila iz ljubavi prema vama.

Serena je gnječila među prstima papir s crnim rubom i mislila s prezirom: *Kako je lukava! Čini mi se da Ralf treba da zahvali nebu što ga je poštedelo ženidbe s takvom ženom.*

Tog poslepodneva mlada žena krenula je sa svojim suprugom u Vizmark kort na prijem ledi Bernet. Diskretna elegancija bele haljine samo je uvećavala njenu lepotu, koja se još više razvila tih poslednjih meseci. Pored toga, naučila je da se kreće u društvu, ne gubeći pritom ništa od svog prirodnog šarma. Nije bilo moguće zamisliti šarmantniju ženu, kako je to izjavila gospođica Vajolet Trinbi, tetka ledi Bernet, za vreme razgovora s Ralfom.

U njegovom pogledu mogao se nazreti ponos. Nekoliko trenutaka je posmatrao Serenu dok je sedela nedaleko od njega.

Ralf je odgovorio sa smeškom:

– Zaista mi se čini da je moja žena obdarena svim duhovnim i telesnim vrlinama.

Na povratku kući on ju je upitao:

– Jel' ti se svideo prijem?

– Svideo mi se. Bernetovi su mi tako dragi. Volim njihovu jednostavnu otmenost.

– Mnoge mlade žene smatrale bi ih preozbiljnim. Možda ćeš čak i ti kad jednom upoznaš veliki svet i postaneš važna ličnost u društvu.

Serena je položila svoju ruku na suprugovu.

– Ralfe, da li ti je mnogo stalo da postanem takva žena?

– Meni? Ni govora! Samo mislim da ćeš to postati i da će ti se svidati laskanja i obožavanja. To je gotovo neizbežno za tako mladu i lepu ženu.

Pokušao je da govori ironično. Ali njegov topao pogled dugo je posmatrao njeno šarmantno lice na kome se sada mogla pročitati zbunjenost.

– Varaš se! Nadam se da ću uspeti da izbegnem opasnosti visokog društva, u kome ću učestvovati samo kada ti to budeš želeo. Jer, ma šta ti mislio, meni nije stalo do toga.

– Da, uveren sam u to, jer znam da si iskrena.

Serena je zadrhtala od radosti. Ništa joj nije moglo biti dragocenije od tih reči u njenoj uznemirenosti. Ralf je rekao da ima poverenja u nju... Ona je iz iskustva znala da on to ne izjavljuje često nakon razočaranja sa Džejn Odli.

Kad se automobil približio dvorcu, sreli su mladu udovicu. Džejn se naklonila i pozdravila putnike, trudeći se da sazna ko se nalazi u automobilu.

Ralf je primetio:

– Sigurno se srela s ledi Doroti. Saznao sam da se i dalje potajno sastaju. To će morati da prestane, jer ne želim u svojoj kući špijunku.

– Zar zaista veruješ u to?

– Uveren sam u to. Gospođa Odli se neće samo tako odreći želje da nam nanese zlo.

Nakon trenutka ćutanja on je šapnuo nabravši obrve:

– Žao mi je što sam joj dopustio da živi u kući Vajt.

Uveče, kad su se Ralf i Serena spremali da pođu u svoje odaje, na terasi se pojavio sluga najavivši:

– Debora javlja da se ledi Sabina oseća vrlo loše.

Smesta su krenuli kod bolesnice. Ona se gušila, usne su joj poprimile ljubičastu boju, a oči su bile pune užasa... Na Ralfov nalog odmah su pošli po doktora. Za to vreme Serena i sobarica pokušavale su da pomognu ledi Sabini. Malo-pomalo, njeno srce se smirilo. I smrt je još jednom ustuknula... Kad je doktor Dagvil stigao, činilo se kao da je opasnost prošla.

Izašavši iz bolesničke sobe, lekar je rekao Ralfu:

– Iduću krizu verovatno neće preživeti.

Kad se lord Felborn vraćao prema sobi svoje sestre, u hodniku se gotovo sudario s ledi Doroti. Ova se upravo vraćala, glave zamotane u crnu maramu. Šunjala se poput zaverenika.

Zadržala je uzvik primetivši Ralfa, koji joj je preprečio put.

– Ah, to si ti, Doroti! Šetala si?

– Da... Veče je tako lepo.

– Stvarno... A društvo gospođe Odli ti je prijatnije od društva tvoje bolesne sestre, koja je za to vreme gotovo umrla.

Ledi Doroti je promucala:

– Umrla?! Sabina? Šta to govoriš? Nisam bila kod Džejn.

– Nisi? Zar se nisi dogovorila večeras u parku?

Ledi Doroti je još više pobledela videvši ljutit Ralfov pogled.

– Nisam... Ne bih se usudila jer znam za tvoju želju...

On ju je hladno prekinuo:

– Ne laži, molim te! Nepotrebno je! Znam da se i dalje sastaješ s gospođom Odli uprkos mojoj izričitoj zabrani. Prema tome, čini mi se da će biti mnogo jednostavnije ako se nastaniš kod nje. Tako će ona, doduše, biti lišena tvojih informacija o nama, ali ne može se imati sve. Na taj način ćete bar moći međusobno da se tešite zbog neuspeha svojih podlih namera.

Ledi Doroti je odvratila promuklim glasom:

– Ralfe! Ne znam šta to znači...

– Savršeno dobro znaš. Uvek si bila saučesnica te žene. Trudila si se da joj pomogneš u izvršavanju njenih ciljeva. Na tvoj nagovor ona je osvojila Emila i optužila me pred lordom Henrijem. I sada još pokušavaš da izazoveš neslogu između mene i moje žene...

– Uveravam te...

– Ni reči! Znao sam to od samog početka našeg boravka ovde. Pokušavale ste da dobijete Sereino poverenje pomoću deteta. Ali ja sam to odmah shvatio. Sad je vaš plan propao... Savetujem ti da se odrekneš svih daljih pokušaja, jer ću preduzeti radikalne mere.

Lako se naklonio i krenuo prema bolesničkoj sobi ostavivši za sobom uništenu ledi Doroti.

Videvši ga kako ulazi, ledi Sabina je upitala:

– Šta je rekao lekar, Ralfe?

– Da moraš da miruješ, draga moja, i da ta kriza nije ozbiljnija od ostalih.

– Ipak jeste. Ja to osećam... Još malo i biće kraj.

Njen pogled pun užasa zaronio je u mrak pred njom.

Ralf ju je uzeo za ruku i nagnuo se nad njom.

– Ne pomeraj se, Sabina! Oporavićeš se, pa ćeš, čuvajući se, izbeći novu krizu.

Ona je odmahnula.

– Ne verujem...

Na trenutak je zaćutala, a zatim stisnutih usana pitala:

– Gde je Doroti? Zašto nije došla ovamo?

Izraz Ralfovog lica postao je tvrd.

– Doroti? Ona je imala sastanak sa svojom dragom Džejn u parku. Rekao sam joj šta mislim o tome i čini mi se da je ovog puta shvatila.

Bolesnica je prezrivo odmahnula.

– Uvek ta ljubav prema Džejn! Čuvaj se, Ralfe, i vi, Serena!

– To i radimo! Ali sada odlazim jer ti je doktor naredio da se odmaraš... Hoćeš li ti još malo ostati, Serena?

Ledi Sabina je odgovorila umesto nje:

– Da, molim vas, još samo trenutak!

Mlada žena je odmah rekla:

– Naravno da ću ostati! A vi morate pokušati da spavate, sestro!

Bolesnica je šapnula:

– Da spavam! To već dugo ne mogu.

Ralf je poljubio ruku svoje sestre, taknuo usnama Sereнino čelo i povukao se, ostavivši žene u velikoj sobi osvetljenoj samo lampom sa zelenim abažurom.

Nekoliko trenutaka vladala je potpuna tišina. Čulo se samo kucanje sata i isprekidano disanje ledi Sabine... Zatim se začuo slab glas bolesnice drhtav od straha.

– Serena, plašim se!

Mlada žena se sagnula i stavila na njenu sedu kosu svoju nežnu i svčžu ruku.

– Bog će vam se smilovati!

– Nema milosti za zločinca poput mene!

Bledo lice bolesnice kao da je odavalo samo još veću napetost. U očima joj je zaiskrio užas. Dohvatila je Sereninu levu ruku i stisnula je svojim grozničavim prstima.

– To je užasno! Kako sam to mogla da uradim? Mrzela sam tu Džejn... Nisam htela da ona pobedi... Serena, reći ću vam sve! Muči me savest.

Pritisnula je slobodnu ruku na grudi.

– Kao prvo, nisam gluva... uopšte više nisam...

To priznanje nije iznenadilo Serenu. Često je, posmatrajući sestru svog muža, sumnjala u njenu gluvoću.

– Bila sam to neko vreme. Onda sam jednog dana shvatila da mi se sluh vratio. Nisam nikome ništa rekla o tome i činila sam sve da to niko ne primeti. Zašto? Tako sam bolje mogla da pratim šta nameravaju Džejn i Doroti, koje nisu imale poverenja u mene. Sada su mogle da šapuću u mom prisustvu bez straha da ih čujem. Mogle su da spletkare jer su primetile da je lord Henri postao nepoverljiv prema Džejn, smatrajući njene optužbe o Ralfu ogavnim lažima. Zatim se Emil razboleo.

Bolesnica je iznenada zastala i Serena, znajući kako je Emil Odli umro, odjednom je sve shvatila.

Zadrhtala je od užasa i povukla ruku koja joj je još počivala na sedoj kosi ledi Sabine.

Drhtavih usana, zapitala je oklevajući:

– Vi ste čuli doktorovu zabranu?

Iz stisnutih usana izašlo je promuklo „da".

Serena je sklopila ruke u užasu.

– Ne, to nije moguće!

Ledi Sabina je promuklo zajecala:

– Da! Mislim da sam tog dana bila zaista luda! Ne znam kako sam mogla... On je bio tako bolestan i verovatno bi i sâm umro... Ali ipak, ja sam...

– Ali zašto? Zašto?

– Nisam želela da Džejn postigne svoj cilj i postane ledi Felborn... Htela sam da se Ralf osveti... Počinila sam taj zločin.

Bleda i uzdrhtala od uzbuđenja, Serena se nagonski povukla.

Bolesnica je bolno šapnula:

– Vi me sada prezirete? Udaljavate se od mene?

Serena se smesta sabrala i nagnula se nad njom.

– Ne, sestro... Pitam se... kako ste mogli... Trebalo je da njegov život prepustite sudbini... Kako ste smeli da se uplićete i odlučujete...

– I ja se to pitam! Čim sam to uradila, osetila sam grižu savesti. Od tada me nije više napustila. Zato se sada tako plašim smrti.

Serena je nežno stavila ruku na mršave prste u grčevitim trzajima od uzbuđenja.

– Bog oprašta svima koji se pokaju.

– Htela bih da skinem taj teret sa svoje duše... A kad to učinim, možda ćete me manje prezirati, Serena?

Mlada žena se sagnula i poljubila bolesničino goruće čelo.

– Ja vas ne prezirem, draga sestro! Nemam prava na to, jer niko od nas ne zna neće li i sâm podleći nekom iskušenju.

– Vi to nikad ne biste učinili. Nikada! Vi imate snažnu dušu. Ja sam uvek bila pomalo čudna ispod svoje mirne površine. Učinila sam taj zločin... a možda... možda bi on umro i bez moje pomoći... Zamoliću za oproštaj.

126

– Ujutru ću pozvati oca Tvinksa!

– Hvala, dete moje! Dobri ste što imate samilosti prema mojoj ubogoj duši... Molim vas još jedno: prenesite Ralfu ono što sam vam rekla... Ja nemam dovoljno hrabrosti... Znam da će se on ljutiti... Ipak sam to učinila zbog njega... Ali njegova poštena duša će se pobuniti. Za mene bi bilo previše bolno da ugledam prezir u njegovim očima.

– Učiniću to što tražite... A sada pokušajte da se smirite.

Serena je još neko vreme ostala kraj bolesnice... Kad ju je napokon napustila, ledi Sabina joj je uzbuđeno rekla:

– Drago dete, neka je blagosloven dan kad ste ušli u ovu kuću. Da nije bilo vas, umrla bih s tim teretom na duši.

Mlada žena je otišla u svoju sobu i pala na stolicu... To priznanje ju je užasno uzbudilo. Znala je kako će to delovati na Ralfa. Trebalo je da na svom položaju i bogatstvu zahvali zločinu te žene, koja je u ludosti htela da se osveti Džejn iz preterane ljubavi prema Ralfu.

Utom je u sobu ušla sobarica želeći da pomogne Sereni. Serena je obukla kućnu haljinu. Ali kad je Besi izašla, ona je ponovo sela kraj prozora i počela da razmišlja.

Težak vazduh iz parka ulazio je u sobu. Nema tišina vladala je u dvorcu i izvan njega. Serena je pomislila: *Ralf je sigurno zaspao. Još je slab i potreban mu je odmor. Možda bi bilo bolje da sačekam nekoliko dana i onda mu sve kažem.*

Čula je kako se otvaraju vrata. Neko je ušao u salon. Nekoliko trenutaka kasnije Ralf se pojavio na pragu sobe.

– Još nisi legla, Serena? S balkona sam video svetlo u tvojoj sobi. Nisi umorna?

Govoreći tako, on se približavao mladoj ženi.

– Nisam... Razmišljala sam... Zašto ti još nisi legao, Ralfe? Znaš da još moraš da se čuvaš...

– Već se dobro osećam. Pored toga, sve vreme sam sedeo u naslonjači i pušio, a to baš i nije zamorno.

Zaćutao je. Njegov pogled nije napuštao njeno lepo uzbuđeno lice... Stavio je ruku na njenu kosu i iznenada zapitao:

– Šta je, Serena? Nešto te muči?

Rumenilo joj je oblilo lice, a crne oči su se na trenutak zasenile.

– Zašto to misliš, Ralfe?

– Vidim to po tvom licu... Dakle, šta je?

Seo je na rukohvat naslonjače i obgrlio ramena svoje žene. Ponovio je:

– Reci, Serena!

Ona je šapnula tužno ga pogledavši:

– Htela sam još malo da sačekam s tim jer će ti ono što ću ti reći biti vrlo bolno...

– Šta je? Govori!

I tada mu je ona ponovila reči ledi Sabine... On se trgao i ustao sjajnih očiju...

– Ona je to učinila? Svesno je dovela do Emilove smrti? Ah, to je užasno!

Serena se takođe digla naslonivši se na njegovu ruku.

– Nesrećnicu muči griža savesti... Iskreno se kaje!

– To je moguće, ali ostaje činjenica da sam ja taj koji ima koristi od tog zločina. A ta pomisao mi je užasna, ponavljam.

– Shvatam te! Zbog toga i nisam htela odmah...

Ona ga je gledala duboko dirnuta. Tada je njegov pogled iznenada postao blag i Ralf je privukao svoju mladu ženu govoreći promenjenim glasom:

– Ti si divna kao i uvek, Serena! Ali bolje je što sam to odmah saznao... Pokušaću da joj oprostim... Ta sirota žena je sve to uradila zbog mene. Htela je da me osveti... Poznavala je dobro svu niskost Džejn Odli. Zbunjen sam zbog svega toga.

Zaustavio se i poljubio Serenu u kosu. Zatim je tiho nastavio:

– Imaš pravo, osveta je zlo. To čoveka tera dalje nego što bi i sâm mogao pomisliti. Zbog toga mogu patiti i nevini i krivi...

Serena je zadrhtala... Zar je on govorio ovo za sebe? On, koji se s takvom suptilnom prefinjenošću svetio Džejn?

Zar je žalio što se poslužio mladom nevinom devojkom samo da bi pokazao gospođi Odli kako je njeno mesto zauzeto i da nema čemu da se nada?

U njenim divnim očima moglo se nazreti duboko uzbuđenje. Ali kad ih je podigla, mogla je da pročita takve divne stvari u Ralfovom pogledu da je na tren morala da ih sklopi.

Drhtavi glas je šapnuo:

– Draga moja Serena... Ti si me naučila lepoti praštanja. Ne skrivaj oči! One su moja svetlost otkad sam te upoznao. Ne mogu da im se oduprem. Serena, ti si pobedila moju nepoverljivost. Ali pazi da me ne razočaraš, jer bih previše patio. Ja te tako žarko volim.

18.

Sutradan ujutru otac Tvinks stigao je Sabini na samrti. Ona se ispovedila i odmah se kod nje mogla primetiti velika promena. Više se nije plašila smrti.

Ralf nije s njom govorio o onome što se dogodilo. Kad je tog poslepodneva ušao u njenu sobu, bolesnica ga je samo pitala:

– Hoćeš li mi oprostiti?

On je odgovorio:

– Ne mogu ti to uskratiti, sestro!

I sve je ostalo na tome. Ralf je tokom dana često dolazio u njenu sobu. Serena je nije ni na časak napuštala. Ralf je bio pažljiv i zabrinut, a ledi Sabina mu je zahvaljivala pogledom.

Uveče se pokazalo lagano poboljšanje bolesničinog zdravlja. On je još bila živa sutradan ujutru kad je došao doktor Dagvil, ali on nije mogao dati više nikakve nade.

– Moguće je da će poživeti još nekoliko dana, ali to je sve.

Posle podne je lord Felborn poveo svoju ženu kočijom u fabriku u kojoj su se vršile neke instalacije. Uprkos žalosti zbog neizbežne smrti ledi Sabine, Serena je ipak bila srećna u srcu. Jer sada je znala da je Ralf voli. Senke koje su se dizale poslednjih dana juče su iznenada sasvim nestale.

Ralf joj nije objasnio zašto je prema njoj bio onako hladan. Ali ona je shvatila da joj nije verovao, da se plašio da joj pokloni svoju ljubav nakon teškog razočaranja koje je doživeo zbog Džejn Odli. Njegova tobožnja hladnoća i ponosni mir krili su osetljivu dušu sposobnu da se nekome pokloni, ali uplašenu od razočaranja i bola.

I tako se on dugo borio protiv svoje ljubavi prema Sereni. Ali kako je vreme prolazilo, on je sve više shvatao koliko je čista i iskrena duša njegove voljene Serene. I tada je napokon dopustio svom srcu da progovori.

I kao što je rekao tog jutra Sereni posmatrajući je zadivljeno, ovo je njihov pravi medeni mesec.

Naslonivši se na njegovu ruku, mlada žena je razgledala fabriku, a on joj je sve objašnjavao. Zatim, nakon što je pogledao radove koji su bili u toku, poslao je kočiju kući, odlučivši da prošeta sa svojom suprugom.

Za vreme šetnje ona mu je rekla:

– Bekvintova mi je jutros rekla da je mala Nel vrlo bolesna.

– Stvarno? To siroto dete! Bojim se da njena majka ne postupa dobro s njom.

– Ne, sigurno ne! A kako će je tek vaspitati!

– Verovatno će postati lažljivica kao i majka... Ali, Serena, priznanje ledi Sabine obavezuje me na promenu odluke u vezi s tom osobom i njenim detetom. Nanesena im je teška nepravda. Ma kakve bile moralne slabosti gospođe Odli, ja sam sada prisiljen da im osiguram lagodan život.

– Da, to ćeš morati, jer da nije bilo zločina tvoje sestre, ona bi sada možda bila ledi Felborn.

– Srediću to... Ali moraće da napusti ovaj kraj. Ne želim da bude blizu tebe, Serena!

Serena mu se nasmešila odgovorivši:

– Čega sada imamo da se plašimo kad smo sigurni u svoju ljubav, Ralfe?

– Naravno, nema opasnosti! Ipak, neprijatno mi je što je ona ovde. Ona i ne traži ništa drugo nego da pobegne od ovog skromnog života u kući Vajt. Moći će da živi u Londonu i tamo da se kreće u otmenom društvu. To će joj odgovarati... Verovatno će je i Doroti pratiti.

– Još se nije pojavila u dvorcu?

– Ne, Debora joj je odnela ono što joj pripada. Ujedno sam joj poručio da može da poseti svoju sestru na umoru. Ne znam hoće li iskoristiti to odobrenje. Njen i Sabinin odnos uvek je bio hladan.

– Ali u času smrti...

– Mislim da Doroti nema nikakva druga osećanja osim obožavanja Džejn Odli... Nego, Serena, s obzirom na to da je vreme lepo, da li bi htela da se prošetamo do opatije?

Mlada žena je oduševljeno pristala. Neizmerno je volela ruševine opatije. Uostalom, svaka šetnja joj je bila divna u Ralfovom društvu. Slušala je njegov topao glas koji joj je šaptao opijajuće reči.

Opatiju su razorili vojnici kraljice Elizabete. Svodovi crkve su se urušili, ali moglo se još diviti vitkim stubovima, eleganciji prozora obraslih gustim rastinjem. Na travnatom tlu ležali su ostaci kipova delimično pokriveni mahovinom. Serena je, dosta umorna, sela na jedan od njih dok je Ralf razgledao neki izvor za koji mu je njegov upravnik rekao da bi se mogao iskoristiti za vodovod.

Blago sunce, jer je već bio smiraj dana, obasjavalo je ruševine obrasle bršljanom. Osvetljavalo je i belu Sereninu haljinu, njeno zamišljeno lice, oči pune beskrajne sreće... Trenuci su prolazili, a ona je sanjarila, prisetivši se još jednom svih strahova od proteklih meseci, ali i sreće koja joj je iznenada svanula.

Iz sanjarenja ju je trgao dobro poznat ženski glas.

– Ah, lorde Felborn, kakvo prijatno iznenađenje!

Serena je zadrhtala. To je bila Džejn Odli... Ona je verovatno išla putem kraj ruševina i tamo srela Ralfa dok se vraćao sa izvora.

Začuo se hladan i sarkastičan glas lorda Felborna.

– Ne mogu vam zabraniti da ovaj susret smatrate prijatnim.

– Ne, vi to ne možete! Niste u mogućnosti da mi naredite ni da zaboravim svoj greh... i svoju ludost.

Glas mlade udovice postao je patetičan. Serena je u tom trenutku shvatila koliko je ta žena zavodljiva. Naročito kad je zaslepila Ralfa, uverenog u njenu iskrenost.

– Vaš greh? I vaša ludost? Sigurno vam se sada čine ogromnim. Ali to su stare priče i ne treba ih više spominjati.

Ralfov glas je bio leden i ironičan. Ostao je takav za vreme celog razgovora, koji je Serena mogla da čuje drhteći od uzbuđenja.

– Stare priče? Ralfe, kad biste znali koliko patim! Ali vi to sigurno i znate. U to ne sumnjam! Moja griža savesti... moj očaj... sve vi to znate... uživate u tome...

Na trenutak je zastala čekajući njegovo protivljenje.

– Vi me sada mrzite iako ste me voleli... Jer vi ste me voleli, Ralfe!

– Zaista sam napravio tu grešku. Ali umirite se, korenje tog osećanja nije bilo duboko. Već je prošlo mnogo vremena otkad je zaboravljeno to ljubakanje neiskusnog mladića. Prema tome, nije potrebno da išta sebi prebacujete, gospođo Odli!

– Mene će griža savesti mučiti celog života. Ne mogu da zaboravim srećne dane naše veridbe... Zatim me je obuzelo ludilo... Pokušala sam da se uverim da vas više ne volim... Da, pokušala sam! Ali nedavno sam shvatila da je to nemoguće, da sam se prevarila. Nisam mogla da vas zaboravim. Volela sam vas i volim vas.

Jecanje je prekinulo njene reči.

– Verovatno tek nakon Emilove smrti. Kad sam ja postao lord Felborn?

– Ralfe?! Ne vređajte me tako! Već ste se dovoljno osvetili! Jer ste se samo zbog toga i oženili! Vi ne volite tu mladu ženu... Da, sigurna sam u to! Priznajte to! Priznajte da sam u pravu! Oženili ste se njome samo da biste se meni osvetili.

Njen glas je postao žestok, gotovo tragičan.

Ralf je rekao s hladnim prezirom:

– Ne mogu odgovoriti na to tako indiskretno pitanje. Ali da bih vas razuverio, reći ću vam sledeće: da, najpre sam ženidbom s gospođicom Dokran želeo da vam se osvetim. Ali taj razlog za mene više nije važan. Ne vidim više u njoj oružje osvete, već neizmerno milu i dragu suprugu.

– Ja ne verujem u to! To nije moguće!

– Kako god želite! Doviđenja, gospođo Odli!

– Ne! Još samo trenutak, Ralfe! Umreću zbog toga! Morate da mi oprostite! Ja to više ne mogu da podnesem... Učiniću sve da mi oprostite! Kleknuću pred vama!

– To nije potrebno. Ne volim melodrame. Vi me sada uopšte ne zanimate. Nemam više nikakvu želju da vam se svetim.

Začuli su se Ralfovi koraci po šljunku i malo potom on se pojavio kraj svoje žene.

Bio je miran i ozbiljan. Lice mu je odavalo prezir, koji je nestao čim je sreo uzbuđen Serenin pogled.

Prišao je mladoj ženi i seo na travu kraj nje.

– Sigurno si sve čula, draga.

Ona je klimnula glavom i naslonila je na njegovo rame.

– Ta žena nema ni najmanje ponosa. Verovala je da će moći ponovo da me osvoji tim glupostima. Kad bi znala kakav se prezir krije u mom srcu prema njoj... I mesto koje u njemu zauzima moja voljena Serena!

Ona je šapnula tihim glasom punim srećnog uzbuđenja:

– Moj Ralf!

Ostali su dugo tako pod zracima zalazećeg sunca, uživajući u svojoj sreći.

19.

Naredna dva dana zdravlje ledi Sabine ostalo je nepromenjeno. Imala je kratke napade gušenja nakon kojih bi se ponovo potpuno smirila. Kraj nje su često bili Serena, Ralf i Emilijen, koju je Sabina veoma zavolela. A ledi Doroti, iako je bila obaveštena o stanju svoje sestre, ipak nije dolazila.

Jednog jutra sobarica je ušla u sobu i našla Sabinu mrtvu. Odmah je obavestila lorda Felborna, koji je dotrčao do pokojnice. Serene nije bilo. Ona je svojom malom kočijom pošla da pomogne nekoj mladoj ženi koja je očekivala deveto dete.

Na povratku se zadržala kod majke svog mladog sluge Džeka i tamo ga ostavila. Put do dvorca bio je vrlo kratak, kraj siguran, a konj miran. Pored toga, ona se već često sama vraćala iz Lekstona u dvorac Lenbaro. Želeći da izbegne sunce na putu, krenula je kroz šumu. Konj je polako kasao i ona je uživala u mirisu borova. Taj miris je toliko volela. Mislila je na Ralfa, sva srećna što sada među njima više nije bilo nikakvih nesporazuma. Sada su bili sigurni jedno u drugo. Tog jutra joj je on rekao pun ljubavi:

– Verujem ti, Serena! Znam da ni za šta na svetu ne bi mogla da budeš nepoštena prema meni.

Kad je kočija zaokrenula iza jedne krivine, ona je spazila neku ženu kako joj ide u susret. Odmah je prepoznala ledi Doroti i neraspoloženo pomislila: *Kako neprijatan susret!*

Nadala se da će ledi Doroti proći na zadržavajući je. Ipak, to se nije dogodilo. Ledi Doroti se zaustavila i rekla mirno, kao da se između nje i Ralfa ništa nije dogodilo:

– Dobar dan, Serena! Hoćete li mi reći kako je Sabini?

Mlada žena je zaustavila konja i hladno odgovorila:

– Vrlo joj je loše. Poslednja dva dana stanje se malo smirilo, ali doktor Dagvil se plaši iznenadnog kraja.

Na licu ledi Doroti nisu se pojavila nikakva osećanja.

– Zar joj je toliko loše? Ne mogu poći do nje jer je Ralf rekao... Osim toga, iscrpljena sam jer već nekoliko dana negujem malu Nel... Znate li da je ona teško bolesna?

– Da, Bekvintova mi je rekla... Zar joj nije bolje?

Ledi Doroti je odmahnula.

– Ne, čak mi se čini da je jutros lošije.

– Šta joj je?

– Bronhitis, koji u početku nije bio opasan, ali krenuo je po zlu.

– Sirota mala... Zar je lekar zabrinut?

– Da, naročito od juče... Sirota Džejn je očajna. To je njeno jedino dete!

Ledi Doroti je prinela maramicu suznim očima.

– To drago dete! Često govori o vama. Jutros je svojim slabim glasićem rekla: „Zar me ledi Serena neće posetiti sad kad sam tako bolesna?" Nismo znale šta bismo joj odgovorile... Ralf je tako okrutan... On vam to ne bi dopustio...

Mladu ženu je obuzelo uzbuđenje kad se setila ljupke male devojčice, koja je sada umirala nedaleko od nje. I ona bi je rado ponovo videla... Ali da li bi Ralf to dopustio? A i njoj samoj je bilo teško da pređe preko praga kuće Vajt.

Ledi Doroti je na njenom licu mogla da pročita šta oseća. Jer je počela da je moli:

– Zar ne biste mogli da dođete na trenutak? Ako Nel već mora da nas napusti, pružimo joj bar tu poslednju radost... Jer ona vas toliko voli! Neko manje plemenit od Džejn već bi osetio ljubomoru.

Serena je na trenutak razmišljala... Ralfu to sigurno ne bi bilo drago... S druge strane, to siroto dete...

Ledi Doroti je navaljivala:

– To bi bilo tako lepo od vas! Zaboravite na trenutak Ralfova osećanja prema Džejn... Kad biste znali koliko ona zbog toga pati. A sad još i ta bolest sirote Nel.

Serena je na trenutak posumnjala u iskrenost te majčinske ljubavi. Ona je zapravo verovala da mlada udovica ne pokazuje dovoljno nežnosti prema tom detetu... Ali to je za nju bio razlog više da uteši bolesno dete.

Nakon kratkog oklevanja je izjavila:

– Dobro, posetiću Nel!

Pozvala je ledi Doroti da sedne kraj nje u kočiju. Kuća Vajt nalazila se u blizini. Serena je zaustavila konja pred vratima i sišla. Ledi Doroti ju je odvela u detetovu sobu. Otvorila je vrata i najavila:

– Nel, evo nekoga koga si očekivala.

Nel je okrenula prema vratima svoje malo bledo lice i uzviknula. Podižući se na krevetu, pružila je ručice.

– Ledi Serena! Oh!

Serena joj je prišla, sagla se i poljubila je.

– Draga moja! Moraš brzo da ozdraviš, čuješ li?

Dete se nasmešilo.

– Neću ozdraviti... Umreću.

– Ali, draga moja, šta to govoriš?

– Ja to znam, ali svejedno mi je... Mama me ne voli. I nesrećna sam zbog toga.

Serena je zadržala suze u očima. Sela je kraj Nel i počela nežno da joj govori milujući joj plavu kosu. Modre oči se nisu skidale s nje. Devojčica je mazno naslonila na Serenin obraz svoje grozničavo lišce.

Ledi Doroti je nestala... Prošlo je deset minuta pre nego što su se vrata ponovo otvorila. Pojavila se Džejn u laganoj ljubičastoj kućnoj haljini izvezenoj u istoj boji.

Prišla je Sereni pruživši joj ruku.

– Kako je lepo od vas, ledi Felborn, što ste došli! Moja mala Nel nije želela ništa drugo do da vas ponovo vidi.

Serena je ustala ponosno pogledavši pridošlicu.

– Zaista sam došla samo zbog Nel. Sada odlazim s nadom da će mala sirotica ubrzo ozdraviti.

Nagnuvši se nad Nel, mlada žena je dodala nežnim glasom:

– Doviđenja, draga! Učiniću sve što mogu da brže ozdraviš.

Poljubila je devojčicu. Ova ju je molećivo upitala:

– Hoćete li se brzo vratiti? Hoću li vas ponovo videti?

Serena nije mogla pred tim bolesnim dečjim licem i pogledom punim preklinjanja da odgovori ništa do:

– Ne znam... Pokušaću da dođem, Nel!

– Zamolite lorda Felborna! Recite mu da se tome mnogo radujem.

Male ručice stisnule su Serenu kao da ne žele da je puste. Mlada žena je oprezno izvukla ruke. Poslednji put je poljubila Nel, a zatim krenula iz sobe kao da ne primećuje gospođu Odli.

Džejn je krenula za njom. Obe su sišle niza stepenice. U predvorju je mlada udovica ljubazno rekla:

– Još jednom hvala, ledi Serena! Neću zaboraviti ono što činite za moje dete rizikujući pritom da razljutite lorda Felborna, tako okrutnog prema meni...

Serena se okrenula prema njoj pogledavši je prezirno.

– Zadržite za sebe svoje zahvaljivanje, gospođo Odli! Ne morate se pretvarati preda mnom, jer ja sada sve znam.

Pogledom mlade žene prešao je čudan sjaj.

– Želite li time da kažete kako delite nepravedne optužbe svog muža?

– Nepravedne? Kako se usuđujete da to kažete? Ali ne želim da razgovaram s vama o tome.

– Naprotiv, ja to baš želim! To je vrlo zanimljivo.

Serena je krenula prema vratima, ali Džejn je skočila pred nju i preprečila joj put.

– Zašto toliko žurite? Lord Felborn vas možda čeka, pa će se naljutiti ako zakasnite? Nije baš uvek lako s lepim Ralfom. Kad sam otkrila te njegove loše strane, nije mi bilo teško da ga se odreknem, uprkos ljubavi koju sam osećala prema njemu. Radije sam pošla za Emila.

Serena je prezirno rekla:

– Ne lažite! Sva vaša lukavstva su nepotrebna preda mnom.

Džejn se oštro nasmejala.

– Stvarno? Hoćete li me optužiti zbog laži ako vam kažem da me je Ralf žarko voleo? Napisao mi je ljupke pesmice koje čuvam u kutiji zajedno s cvećem koje mi je poklonio.

Serena je zadržala pokret iznenađenja. Ralf i pesme? Nikad joj nije govorio o tome.

Džejn je nastavila s pogledom punim mržnje:

– On me je voleo, pa bih i sada mogla ponovo da ga osvojim da hoću. Vama se oženio samo iz osvete. Ali znam, već ste mu dosadili...

Serena ju je hladno prekinula:

– Varate se, gospođo Odli! Lord Felborn me je usrećio... Što se pak tiče mišljenja mog supruga o vama, ja ga znam. Čula sam, naime, vaš razgovor kraj ruševina opatije.

Ponovo je pokušala da izađe. Ovog puta se Džejn pomerila i oslobodila joj put. Glas mlade udovice, koji sada nije bio ni najmanje nežan, prosiktao je:

– Želim vam nastavak vaše sreće, lepa ledi! Želim lordu Felbornu svu moguću dobrobit. Eto kako ću se osvetiti.

Serena je, ne gledajući je, odvezala konja, koji je davao znake nestrpljenja. Zatim se popela u kočiju sa uzdahom olakšanja.

Kakvo je pokvareno biće bila ta žena! Prvi put ona je danas skinula pred njom svoju masku nežnosti i Serena je primetila duboku mržnju i bes u njoj.

Na sreću, Ralf ju je dobro poznavao i nije postojala opasnost da ga ona ikada više osvoji, kao što je pretila.

Serena je osetila nelagodu pomislivši da je prva Ralfova ljubav bila ta Džen, to pokvareno i zlo biće nesposobno za bilo kakva osećanja.

Serenu je u mislima prekinulo poskakivanje kočije. Konj, inače tako miran, davao je znake uzbuđenja... Serena je pokušala da ga smiri i zaustavi. Ali nakon nekoliko trenutaka shvatila je da više ne može da ga obuzda. Konj je jurio uskim puteljkom, a kočija je poskakivala.

Mlada žena se ukočila čvrsto držeći uzde. Mislila je: *Samo da se na putu ne pojavi neka prepreka.*

Nakon nekoliko trenutaka izašli su iz šume. Konj je u divljoj jurnjavi krenuo putem preko livade. Točkovi su poskakivali po kamenju i Serena se pitala hoće li se kočija prevrnuti i raspasti...

U daljini je ugledala reku... Suzbila je krik užasa. Reka! Konj je jurio u tom pravcu. Za nekoliko trenutaka on će biti tamo i baciće se u vodu zajedno s kočijom.

Serena je zadrhtala na tu pomisao. Životinja je bila sve bliže reci. Reka je bila duboka i tekla je brzo između visokih obala. Serena je pomislila: *Gotovo je! Ralfe, moj dragi Ralfe, nikad me više nećeš videti!*

Konj je stigao do reke. Počela je da pada u ponor... Osetila je oštar bol u glavi, a zatim ništa više.

Začuo se vrisak u tišini polja.

– Upomoć! Upomoć!

Istog trenutka neki čovek je pritrčao mestu nesreće. Bio je to Kristofer, sluga lorda Felborna. Video je kočiju i podivljalog konja, ali uprkos svim svojim naporima, nije uspeo da spreči nesreću.

Sada je skidao kaput na obali vičući:

– Upomoć! Upomoć!

Zatim je zaronio... Reka još nije mogla odneti onesvešćenu mladu ženu. Kristofer je uspeo da uhvati njenu ruku. Bio je odličan plivač, pa je držao mladu ženu nad vodom trudeći se da stigne do obale. Ne bi uspeo u tome bez pomoći nekih seljaka koji su pritrčali čuvši pozive u pomoć.

Uz pomoć jednog od njih odneo je mladu ženu u dvorac. Upravo kad su stigli, doktor Dagvil, koji je došao da utvrdi smrt ledi Sabine, prolazio je kroz predvorje u društvu lorda Felborna. Ovaj je užasnuto viknuo i potrčao ka mladoj ženi. Izgledala je kao mrtva. Oči su joj bile zatvorene, lice smrtno bledo, a iz haljine joj je curila voda.

Kristofer je objasnio:

– Konj je pobesneo i bacio gospođu u reku. Na sreću, stigao sam na vreme.

– Na vreme? Da li je tako?

Ralf je uhvatio ledenu Sereninu ruku užasnuto je posmatrajući.

– Nadam se, milorde! Gospođa je samo na trenutak bila u vodi, a mi smo u trku uspeli da je donesemo ovamo za deset minuta.

Nešto kasnije Serena je ležala u krevetu okružena bocama s toplom vodom, a doktor Dagvil je pokušavao da je dozove svesti. Činilo se da je nesvest nastupila zbog povrede na glavi nastale od udarca prilikom rušenja u reku. Ubrzo se osvestila i Ralf je sa uzdahom olakšanja primetio kako diže kapke i posmatra ga svojim lepim tamnim očima.

Nagnuo se nad svojom ženom, zagrlio je i nežno joj rekao:

– Nije to ništa, Serena! Ništa, uveravam te!

Ona ga je upitala:

– Šta mi se dogodilo?

– Dogodila ti se nesreća, ali neće imati posledica.

– Nesreća?! Šta to?

Zatim joj se sećanje vratilo.

– Oh, da! Kelet je podivljao! Nisam mogla da ga zadržim... Išao je pravo prema reci i ja sam pala.

– Da, tako je bilo. Ali, na sreću, verni Kristofer se našao tamo i spasao te.

Zadrhtala je i šapnula:

– A ja sam mislila, dragi moj, da je to kraj i da te više nikad neću videti.

Posle podne i preko noći pojavila se lagana groznica sa simptomima bronhitisa. Mlada žena je tek kasno zaspala. Kad se probudila, Ralf je sedeo kraj njenog kreveta.

– Kako se osećaš, draga moja?

– Bolje! Juče mi se činilo kao da mi veo zastire misli. Verovatno zbog onog uzbuđenja. Danas ga više nema... Nisam tako uzbuđena.

– Uskoro ćeš moći da ustaneš, draga!

– I ja se nadam! Ali šta je bilo onom sirotom Keletu, pa se onako ponašao? Uvek je bio tako miran.

Ralfovim pogledom prešao je neki blesak.

– Šta mu je bilo? To ti mogu reći. Juče su ga izvukli iz reke i ispod njegovih amova našli listove neke biljke što zadaje tako strahovit svrab i bol da bi i najmanja životinja pobesnela.

Mlada žena je uzviknula:

– Je li to moguće?! Ali kako objasniti prisustvo te biljke?

– To tek treba rasvetliti, i to po svaku cenu.

Serena ga je iznenađeno gledala. Njene oči su se iznenada ispunile neopisivim užasom.

Ralf se nagnuo nad njom.

– Sumnjaš li u nekoga?

Ona je stavila ruku na lice.

– To bi bilo previše strašno!

– Reci mi šta misliš!

– Ne usuđujem se... To nije moguće! Ne, Ralfe, to je samo plod zle mašte! A kako bi ona to mogla da učini?!

Mlada žena se zaustavila spustivši ruku. Činilo se kao da se iznenada nečega setila.

– Ko? Džejn Odli?

– Ne usuđujem se to ni da zamislim, Ralfe! Ali upravo sam odlazila od nje...

– Kako? Zašto?

Serena mu je ispričala šta se dogodilo. Nije skrivala ništa od svog razgovora sa Džejn.

Ralf, čije je lice odavalo neizmernu ljutnju, izjavio je:

– Nema sumnje. Ta bednica je htela da te ubije. Dok si ti bila kraj njene ćerke, ona je stavila listove pod konjske amove.

– Stvarno to misliš? Zar bi bila sposobna za to?

– Ponavljam ti, za mene ne postoji ni najmanja sumnja. A ko bi to inače i mogao učiniti? Sve se poklapa. Ona je krivac za taj zločin... Sve, pa čak i reči koje ti je uputila na odlasku, govore u prilog tome.

Serena je sklopila ruke.

– To je užasno! Ne mogu i dalje da verujem u to! Ma koliko bila zla, ta žena nije to mogla da učini! Počiniti takav zločin!

– Ona te mrzi, Serena! Na sve načine je htela da uništi našu sreću. Ali nije uspela! Sada je treba kazniti onako kako zaslužuje. Na sudu bi možda bilo teško dokazati taj pokušaj ubistva, jer osim Doroti, na koju ne možemo računati, nema svedoka da si išla u kuću Vajt. Ali ja ću to obaviti na drugi način, osim ako ona već nije pobegla saznavši da si preživela.

Ta Ralfova pretpostavka se pokazala kao tačna. Kad je sat kasnije stigao do kuće Vajt, tamo je našao samo ledi Doroti kraj Nel. Mala je umrla te noći.

Doroti je bila zbunjena i prestrašena. Ispitavši je, Ralf je shvatio kako ona nije ništa znala o zločinačkom pokušaju Džejn Odli. Ona je otišla preko noći izjavivši kako ne može više da podnese da gleda Nel kako umire. Pošla je u London i obećala da će odande poslati svoju adresu ledi Doroti.

Ralf je ironično primetio:

– Na to ćeš dugo čekati.

– Zašto?

– Jer je bednica pokušala da mi ubije ženu, pa neće hteti da oda svoje skrovište.

Ledi Doroti je promucala:

– Ona je...

– Da, a budući da je ja dobro poznajem, i ne čudim se tome. Zaista si svoju ljubav poklonila pravoj osobi! A za to vreme zapostavila si svoju sirotu sestru. Ona je juče ujutru umrla. Zbog jučerašnjih uzbuđenja nisam se ni setio da ti to javim.

– Sabina je umrla! A Džejn je... Ne, to nije moguće.

– Ipak je tako! Zašto si toliko nagovarala moju ženu da poseti dete na umoru?

– Zašto? Jer... Jer je Nel to toliko želela...

On ju je hladno prekinuo:

– Ne laži! Poslušala si gospođu Odli. Bila si njena saučesnica i namamila si Serenu u tu klopku.

Doroti je to negirala odlučnim pokretom.

– Ne, ne! Uveravam te da nisam ništa znala o njenom planu. Ona mi je, doduše, tog jutra rekla: „Htela bih da sretnem Serenu nasamo i kažem joj sve što mi leži na srcu. Reći ću joj da me je Ralf voleo i uplašiti je da bi ponovo mogao da me zavoli.“ Kad sam malo kasnije srela ledi Felborn, setila sam se da bih mogla da je odvedem do kuće Vajt i omogućim Džejn da ostvari nameru... Oprosti mi, Ralfe! Ona je radila sa mnom šta je htela... Nisam mislila da je tako zla...

On je prezrivo odgovorio:

– Još odavno si to mogla da zaključiš. U svakom slučaju, znala si koliko mrzi moju ženu. U tome si joj bila saučesnica. Nikada to neću zaboraviti. Budi sigurna.

Ledi Doroti je sva preplašena i bleda spustila pogled pred Ralfom. On je dodao:

– Izdaću sve potrebne naloge u vezi s detetovom sahranom. Nel će biti sahranjena na groblju u Lekstonu. Sve što u ovoj kući pripada gospođi Odli biće uskoro prodato. Ostalo ću prepustiti tebi, zajedno s kućom Vajt. Isplaćivaću ti rentu dovoljnu za život. Naravno, dvorac će ostati zatvoren za tebe.

S tim rečima on je napustio kuću, ostavivši za sobom ledi Doroti užasnutu zbog njegove odluke. Do kraja života osuđena je na samoću kuće Vajt.

20.

Dvanaestak dana kasnije Serena, naslonjena na muža, mogla je da se prošeta parkom.

Ralf ju je okružio neprekidnom brigom. Mlada žena je sve više osećala njegovu ljubav. I ona je pokazivala topla osećanja koja su joj ispunjavala srce.

Emilijen je pomogla u negovanju rođake. Bila je veoma pažljiva, tako da ju je Ralf iz dana u dan sve više cenio.

– Trebalo bi je sasvim oteti od tiranije bake i sestre – rekao je Sereni. – Mi ćemo je odgojiti i osigurati joj budućnost. Gospodin Bekford će sigurno pristati na to. Što se tiče ostalih, biće besni, ali šta me briga!

Jednog poslepodneva, dok su se vraćali iz parka, devojčica je dočekala Ralfa i Serenu s pismom u ruci. Bila je uzbuđena, očiju punih suza. Serena je uzviknula:

– Šta je, Emi? Loše vesti?

– Da... Otac piše da je uništen. Neki bankovni poslovi... Ja to ne razumem.

Pružila je pismo Sereni. Ralf se nagnuo preko ramena svoje žene i čitao u isto vreme s njom... Gospodin Bekford je pisao svojoj ćerki da je bankar u Ruanu, kod koga se nalazio njegov novac, a i novac gospođe Ridijer, izvršio samoubistvo. Izgubio je sav svoj novac. Likvidacija banke doneće svakom klijentu samo malu svotu.

To je propast. Ne preostaje mi ništa osim plate za vaše izdr-
žavanje. Simon je ostala bez miraza, a i ti. Tvoja baka i sestra
su polulude. Na svu sreću, gospođa Ridijer mi je preporučila tog
bankara, pa zbog toga ne može sada da mi prigovara. Ipak, u
teškoj smo situaciji, drago dete! Situacija je tim teža što su naše
dame navikle na luksuz i nisu sposobne ni za kakav rad. Šta će
biti s nama?, pisao je gospodin Bekford.

Serena je uzbuđeno rekla:

– Siroti moj rođak! Kakva katastrofa... Šta će biti s njim?

Ralf je potvrdio:

– Da, život će mu biti nesnosan s te dve žene... Ali ne plači, Emi! Već ćemo to srediti.

Stavio je ruku devojci na rame i nežno je gledao.

– Ti ćeš ostati kod nas. A što se tiče tvog oca, pružićemo mu potrebnu pomoć. U to možeš biti sigurna.

– Kako ste dobri!

Nije znala čime bi iskazala svoju zahvalnost. Ralf je prekinuo njene reči nastavivši:

– To duguješ Sereni. Ona me je naučila da budem dobar i praštam uvrede.

Topli pogled obavio je njegovu ženu. Ona se nežno smešila.

Zatim je lord Felborn dodao:

– U oktobru ćemo otputovati u Pariz. U prolazu ćemo svratiti u Ešanvil, pa ću videti šta mogu da uradim za gospodina Bekforda.

Nekoliko dana kasnije Serena je primila pismo od Simon. Bilo je puno žalopojki i optužbi protiv oca i bake, ludih što su poverili svoju imovinu varalici.

U kakvom se ja sada položaju nalazim! Bez miraza, primorana da vodim život bez ikakve razonode... Poludeću, draga Serena! Ti, koja živiš u izobilju, ne možeš to ni da zamisliš!

Kad je Ralf, kome je njegova žena dala to pismo, pročitao tu rečenicu, povikao je:

– Sestra ti je zaista drska! Kako se usuđuje da tako piše nakon što ti je onako otežavala život? Reći ću joj ja svoje mišljenje ako se jednog dana usudi da preda mnom kaže nešto slično!

Serena je odmahnula glavom.

– Ona je stvarno jadna. I tako je loše vaspitana... A šta će biti sa Estašom? On je lenj i razmažen. Nikad do sada nije radio. Kako će se moj siroti rođak izvući iz ovoga?

Ralf se nasmešio svojoj ženi i odgovorio:

– Pomoći ćemo mu jer je on rođak jedne drage male Serene, tako dobre i milosrdne.

* * *

Jednog oktobarskog poslepodneva gospodin Bekford je radosnog izraza lica ušao u salon. Njegova tašta i ćerka opet su se žalile zbog teške sudbine. On je ponosno izjavio:

– Lord Felborn i Serena iskrcali su se u Doveru. Stići će sutra ujutru sa Emilijen, pa će ručati ovde.

Simon je povikala:

– Primio si telegram?

– Ne, lord Felborn mi je telefonirao.

Gospođa Ridijer je od uzbuđenja ustala.

– Moramo sve da pripremimo! Hoće li ostati i na večeri i ovde prenoćiti?

– Ne, govorio je samo o ručku...

Pripremićemo im sobu za svaki slučaj... Simon, moramo naći nekoga da skuva ručak. Leoni kuva tako loše.

– Da, ja ću se pobrinuti za to... Zamolićemo Alis Blank da poslužuje. Ona je bila sobarica. Poslaću Leoni po ćurana na farmu.

– To je dobro. Čarlse, ti ćeš telefonirati u Ešanvil poslastičaru Martenu. On mora da nam pošalje kolač, dva pladnja sitnih kolača i razne suve kolače...

– Mislim da nije potrebno bacati se u takve troškove.

Prekinuo ga je užasan pogled.

– Čini ti se! Zar ćemo lorda Felborna primiti kao običnog gosta? Zaista, Čarlse, ti nemaš pojma o dobrom ponašanju.

Gospodin Bekford je odustao od svojih primedbi, setivši se ipak bednog svadbenog ručka od pre nekoliko meseci, održanog u čast gospodina Ralfa Hotona.

Tog dana i sutradan ujutru u kući je vladao neopisiv metež. Leoni, sva zbunjena od protivrečnih naloga i povređena što joj nisu poverili pripremanje ručka, pokazivala je očigledan bes zalupivši vratima svaki put kad bi joj se pružila prilika. Estaš je dolazio i odlazio, smetajući svima i dajući svoje mišljenje o jelu. Gospođa Ridijer i Simon pripremale su svoje toalete. Pokazale su se u svem svojem sjaju kad su se u jedanaest sati pojavile u salonu za doček gostiju.

Svoju haljinu, izvezenu šarenim koncem, gospođa Ridijer je ukrasila mnoštvom dragulja. Stavila je teške narukvice oko svojih debelih ruku i natovarila prstenjem kratke i široke prste. Treba spomenuti i brilijante okačene o ušne rese i igle ukrašene lažnim kamenjem koje su držale žutu periku. Staro lice bilo je napuderisano i našminkano, pa je gospođa Ridijer bila potpuno spremna da primi goste.

Simon, vrlo uzbuđena, neprekidno je ustajala posmatrajući put. Imala je na sebi napadnu narandžastu haljinu koja nije odgovarala njenoj plavoj kosi. Ali to je bila moderna boja, pa nije moglo da se nosi ništa drugo. I tako se gospođica Bekford poklonila nalozima svoje krojačice... Pored toga, nije se setila ni da se pobuni protiv uske suknje, koja ju je primoravala na sitne korake. Prihvatila je i preterani izrez na bluzi. Mislila je da je ljupka i da će lord Felborn zažaliti zbog toga što je odabrao beznačajnu Serenu umesto gospođice Bekford.

Nešto pre podneva Estaš je najavio dolazak automobila.

Gospođa Ridijer i njena unuka potrčale su pred ogledalo i poslednji put pogledale svoje frizure. Simon je namestila traku u kosi, a gospođa Ridijer je pogladila svoju plavu periku.

Gospodin Bekford je izašao pred svoje goste u mali vrt pred kućom. Pre toga je morao da podnese prigovaranje svoje tašte zbog svog odela. Zar se lord Felborn mogao primiti u tom jednostavnom odelu? Zaista, bilo je užasno na taj način se odreći dobrih običaja ponašanja. Na to je gospodin Bekford odgovorio sa začuđujućom hrabrošću:

– Mislim da sam ja prikladnije odeven od vas u tim nakinđurenim haljinama i sa smešnim draguljima!

Samo su prema njemu lord i ledi Felborn bili ljubazni i srdačni. Ralf je s hladnom pristojnošću uzvraćao izlive prijateljstva bake i unuke. One su se trudile da sakriju svoj bes zbog toga što je Serena bila tako očigledno srećna. Tako elegantna u svom jednostavnom kostimu zbog kog su njihove haljine izgledale još vulgarnije. Na prvom mestu je Simon osećala zavist videvši kako se njena rođaka divno razvila. Pogotovo posmatrajući dva divna prstena koja su krasila Sereninu levu ruku. To je bio jedini nakit koji je ona nosila, ali bilo je jasno da pripada draguljima Felbornovih... Gospođica Simon Bekford je i svoju sestru Emilijen posmatrala s mnogo besa. Zavidela joj je što je Ralf i Serena vole i što može da uživa u luksuzu koji je okruživao lorda i ledi Felborn. Ali trebalo je savladati svoja osećanja i ne pokazati ih pred gostima zbog kojih su se toliko pripremali.

Estaš je bio zadivljen automobilom i dvojicom slugu. Budući da je bogatstvo bilo jedino što ga nije ostavljalo ravnodušnim, bio je prilično pristojan za vreme ručka. Pored toga, on je i uživao u jelu. Gospođa Ridijer, iako je ručak dobro uspeo, mislila je kako mora da se izvini.

– Ručak vam se sigurno čini vrlo jednostavnim, milorde! Vi ste navikli na bolje. Ali mi smo učinili sve što smo mogli s malim sredstvima kojima raspolažemo.

– Ne sumnjam u to, gospođo! Ali Serena i ja nismo zaboravili na teška vremena i spremni smo da se prilagodimo svemu.

Simon, koja je bila inteligentnija od bake, primetila je žaoku i pocrvenela.

Nakon ručka je gospodin Bekford odveo Ralfa u svoju radnu sobu, gde su popušili po cigaretu. Gospođa Ridijer je počela da ispituje Serenu o njenom životu i poznanstvima. Mlada žena je imala priliku da se osveti tako što će pričati o svom luksuznom životu, ali ona je imala previše nežnu dušu, pa nije htela da se sveti na taj način. Ipak su njeni odgovori još više izazivali njihov bes prema toj predivnoj mladoj ženi tako očigledno srećnoj. Gospođa Ridijer je napokon primetila:

– Nama treba da zahvališ za svoju sreću, Serena! To moraš priznati. Da te nismo prihvatili, nikad ne bi upoznala gospodina Hotona.

Serena je odgovorila sa ironijom, koju je stara gospođa ovog puta primetila:

– To je jasno! Ali verujem da malo treba da zahvalim i sreći naklonjenoj siročadi.

Upravo tada su se gospodin Bekford i Ralf vratili u sobu. Činilo se kao da Bekford sija od sreće. On je uputio Sereni pogled pun zahvalnosti, a ona mu se nasmešila. Ralf je seo i obratio se Emilijen:

– Sve je dogovoreno, Emi! Tvoj otac će te poveriti nama do kraja tvog školovanja.

Devojčicino lice odavalo je dobro zdravlje. Sad je uzviknula od sreće:

– Oh, rođače! Tatice, kako si ti dobar!

Ustala je, prišla ocu i bacila mu se u naručje.

Gospođa Ridijer je uzviknula:

– Vi ćete to učiniti, milorde? Želite da mi otmete moju devojčicu?

– Učiniću to s najvećim veseljem. Emi je ljupka, pa mi je osvojila srce.

Simon je zavidno pogledala sestru.

Srećno lice devojčice, njena lepa putna haljina i očigledna naklonost lorda i ledi Felborn izazivali su ljubomoru starije sestre. Sa Simon su oni postupali sasvim drugačije... Evo još jednog razloga koji ju je bacio u očaj! Emilijen će živeti usred luksuza kao plemkinja... Njena budućnost je bila osigurana, dok će njena sestra provoditi život u bedi, bez miraza, pa će teško naći muža. To je zaista bilo previše! I Simon se smatrala najnesrećnijim bićem na svetu.

Ralf i njegova žena otputovali su u pet sati posle podne. Emilijen je ostala kod svog oca. Supružnici su krenuli u Pariz, gde su nameravali da provedu dve nedelje. U povratku će doći po devojčicu i odvesti je u dvorac Lenbaro.

Kad se automobil udaljio, Bekfordovi su se vratili u salon. Gospodin Bekford je veselo izjavio:

– Lord Felborn je neizmerno velikodušan. Znate li šta mi je ponudio? Rentu od šest hiljada franaka.

Gospođa Ridijer je uzviknula:

– Šest hiljada franaka! To je predivno... I tako neočekivano! Bio je tako hladan i neljubazan... prema meni i Simon.

– Nekad ste mu dale prilično razloga za to. To treba priznati.

Gospođa Ridijer se uspravila.

– Razloga? Kakvih? Uvek smo bile ljubazne s njim uprkos njegovom ponašanju...

– Mislite? A niste bile prijatne ni za vreme njegove veridbe. Pokazale ste mu da vam taj brak nije drag. On to nije zaboravio, kao ni način na koji ste postupale sa Serenom.

Gospođa Ridijer je na trenutak začuđeno zaćutala.

Više nije mogla da prepozna svog zeta. Dosad se on nikad nije usudio da joj prigovara.

Napokon je promucala:

– Kako se usuđuješ, Čarlse?! To je užasno! Nakon sve brige koju sam pokazala prema tvojoj štićenici... Nakon svih neprilika zbog tog braka...

Ovog puta je gospodin Bekford zaista prasnuo:

– To je previše! Ti se usuđuješ da mi to kažeš nakon svega što je ta sirota mala pretrpela! Znam da sam i ja odgovoran za to, ali tvoja krivica se time ne umanjuje. Dosta mi je tog licemerstva! Jednom zauvek ti kažem: možeš da odeš ako ovde nisi zadovoljna! Ali dosta mi je tvojih prigovaranja.

Nakon tih reči gospodin Bekford je izašao zalupivši vratima za sobom na način svojstven slabićima.

Gospođa Ridijer je na neko vreme ostala bez reči, gledajući u ništa manje iznenađenu Simon... Napokon je promucala glasom koji je kipeo od besa:

– Tvoj otac je poludeo! Lud je! Usuđuje se da na taj način razgovara sa mnom! Da me vređa! To neće tako proći! Moraće da mi se izvini ili ću smesta napustiti ovu kuću.

Zaustavila se pobledevši pod svojom šminkom. Iznenada se nečega setila... Ona više nije bila tašta koja je raspolagala svojom imovinom. Nije više imala ništa. Zet je morao da je izdržava.

Ta pomisao ju je uništila. Pala je u naslonjaču sakrivši lice rukama.

– To je užasno! U kakvoj se ja situaciji nalazim! Da si bar udata, mala moja Simon! Tada bih mogla da živim kraj tebe.

Besno je pogledavši, Simon je odgovorila:

– Udata! Mogu li da računam na to? Pobrinuli su se za budućnost Emilijen, koja je bila predodređena da ostane usedelica. Ali ja kao da ne postojim za njih!

Okrenula se stisnutih zuba... Tog trenutka je alejom u vrtu prolazio gospodin Bekford držeći podruku Emilijen. Kostim devojčice je bio iskrojen s takvom veštinom da se njen ne tako izražen deformitet jedva i nazirao. Razgovarala je veselo sa ocem dok ju je mazio po kosi.

Simon ih je besno pratila. Kada čovek samo pomisli da će ta ružna beznačajna devojčica živeti srećnije od lepe Simon! A tamo, prema Parizu, automobil je odvozio lepu voljenu mladu ženu i njenog supruga, s kojim se malo ko mogao meriti u lepoti i otmenosti. Ona je izgledala srećno, a Simon je primetila kako ju je on nežno gledao... Da, ona je bila srećna i voljena. Ona, s kojom su tu postupali kao sa služavkom. Ona je sada bila jedna od prvih žena u Engleskoj, dok je za Simon bila određena skromna sudbina, koju je samo velikodušnost lorda Felborna mogla olakšati... A da bi čovek to postigao, morao se klanjati toj Sereni jer je imala tako veliki uticaj na svog supruga.

Simon je stisnula pesnice šapućući:

– Oh, kad bih bar mogla da se osvetim! Sada mi zavisimo od njih... i oni to znaju!

Ralf osvetu nije hteo da tera do krajnjih granica, jer iako je želeo da dâ dobru lekciju tim dvema oholim ženama, ipak nije hteo da se sveti.

Saznavši za vreme zime da se Simon pruža dosta dobra prilika za brak, on joj je obećao miraz. Njen prosac, Marsel Brilar, sin beležnika iz Ešanvila, bio je podebeo miran mladić osrednje pameti i na dobrom glasu. Laskalo mu je da se oženi rođakom lorda Felborna. Pored toga, Simon mu se sviđala. To nikad ne bi moglo da se dogodi bez miraza, pa je lord Felborn, odredivši da će se Sereninoj rođaki isplaćivati renta, omogućio taj brak.

Simon, kojoj su propali svi snovi o sjajnoj sudbini, morala se zadovoljiti ovom skromnom, jer je kancelarija beležnika Brilara bila najskromnija u Ešanvilu. Ali njoj je bilo dvadeset pet godina, pa se plašila da će ostati usedelica... Venčanje su proslavili narednog maja. Ralf i Serena mu nisu prisustvovali, ali su poslali Emilijen s mnogo skupocenih poklona. To je donekle ublažilo bakinu i Simoninu zlovolju jer su se nadale da će oni prisustvovati venčanju.

Gospođa Ridijer je malo kasnije doživela teško razočaranje. Ona je mislila da će živeti u kući svoje unuke jer se dosađivala na selu i često se svađala sa svojim zetom. S njim više nije bilo onako lako kao ranije, jer je njemu pripadala renta od lorda Felborna. Ali Simon je bez oklevanja rekla svojoj baki da joj njena namera ne odgovara.

– Mnogo je jednostavnije i logičnije da ostaneš kraj oca i Estaša. Ja ne znam gde bih te smestila. Potrebne su mi sve sobe u kući... Pored toga, verujem da to ni Marselu ne bi bilo drago.

Dakle, sasvim jasno joj je rekla da im nije stalo do njenog prisustva. I tako je baka ubrala plodove svog vaspitanja. Morala je da ostane kraj zeta. On je uvek bio korektan prema njoj, ali više nije dao da ga muči kao nekad.

Estaš je, uprkos svom protivljenju, bio smešten u internat. Emilijen je s vremena na vreme provodila koji mesec kraj svog oca. Ona je ojačala i postala šarmantna mlada devojka puna ljubavi prema svom ocu i prema svom malom rođaku lordu Henriju, rođenom u dvorcu Lenbaro jednog lepog prolećnog jutra.

Nisu više ništa čuli o Džejn Odli sve dok Ralf tri godine kasnije nije otvorio novine, ugledao njenu fotografiju i pročitao sledeće:

Gospođica Džejn Odli, ljupka glumica u kazinu „Žoaje", na koju je prošle nedelje neki ruski student pucao tri puta. Njeno stanje je beznadežno. Veruje se da se radi o osveti.

Ralf je, pokazavši novine svojoj ženi, primetio:
– Tako je i morala završiti. Ponovo je jednu od svojih žrtava dovela do očajanja i mladić se u besu osvetio.

Smrt Džejn Odli pružila je izvesno olakšanje Ralfu, jer se on još potajno plašio da bi mogla pokušati da se osveti Sereni.

Kad su ledi Doroti obavestili o njenoj smrti, ona se zadovoljila rečima:

– Ona mi je nanela veliko zlo! Zaslepila me je i bez mog znanja i volje naterala me da počinim zločin! Ona je velika grešnica.

Stara gospođica je opet stanovala u dvorcu Lenbaro. Na Sereninu molbu, Ralf je skratio njen boravak u kući Vajt i oprostio joj. Ona je sada obožavala mladu ledi Felborn i nikad više nije spominjala ime one koju je zvala „moja draga Džejn".

Beleška o autoru

Deli je zajednički pseudonim Žane Anrijete Mari Petižan de la Rozijer (Avinjon, 1875 – Versaj, 1947) i njenog brata Frederika Anrija Žozepa (Van, 1876 – Versaj, 1949). Bili su deca Ernesta Petižana, artiljerijskog oficira, i Šarlote Gotije de la Rozijer. Mari je stekla obrazovanje kakvo je onda dolikovalo devojkama iz boljestojećih kuća, a njen brat je upisao prava na Sorboni. No Mari je krišom zapisivala avanturističke pripovesti u jednu staru školsku svesku, koju je čuvala u fioci s rubljem. Jednoga dana je majka otkrila njenu tajnu i, uvaživši Frederikovo mišljenje, a uz dozvolu njihovog oca, Mari je poslala rukopis jedne od svojih novela, *Iskra*, na adrese nekoliko izdavača. Prihvatila ju je kuća *Bon pres*, pa ju je i objavila u nastavcima oko Božića 1894.

Pošto je tako s nekoliko novela postigla uspeh, iako joj to nije donelo novac, kod A. Gotjea je 1903. objavila roman prvenac, *U ruševinama*, potpisan pseudonimom M. Deli.

Dve godine kasnije, 1905, *Iskru* je svojim čitaocima predstavio izdavač F. Pajar iz Abevila. Gotje objavljuje *Kuću ljiljana* 1906, dok *La Kroa* u januaru 1909. štampa u nastavcima njenu *Anitu*. Tako je književna karijera Mari Petižan de la Rozijere počela pod pseudonimom, na sugestiju brata Frederika; najpre se potpisivala kao M. Deli, a potom sasvim kratko: Deli.

Do 1913. već je iza sebe imala dvadeset pet objavljenih romana koji su prodavani u velikim tiražima. Godine 1912. preuzela je dužnost sekretara Društva književnika, dobila je autorska prava na svoja dela. Iako se veoma obogatila, i dalje je živela skromno i povučeno.

Dogodilo se onda da Frederik oboli; pronašli su ga jednog dana 1909. u zoru, onesvešćenog u kuhinji. Uz sijaset uspona i padova, bolest ga je na duže staze učinila invalidom. Godine 1915. oženio se Suzanom Gotje, koja je umrla posle dvanaest godina braka. Nisu imali dece.

Posle smrti njihovih roditelja, Frederik je već bio potpuno paralizovan, nepokretan u invalidskim kolicima. Mari se posvetila brizi o bratu, a Frederik se onda svesrdno upustio u saradnju sa sestrom, kojoj je davao vetar u leđa i na samom početku karijere. Sad je aktivno učestvovao u stvaranju dela koja više nisu bila samo njena već zajednička. Brat i sestra će se 1929. preseliti u jednu kuću u Versaju i potpuno se posvetiti pisanju. U periodu od 1903. do 1943. napisali su više od stotinu ljubavnih i avanturističkih romana.

www.ingramcontent.com/pod-product-compliance
Lightning Source LLC
Chambersburg PA
CBHW030335020726
47493CB00004B/1287